U0067979

校園情歌

六色羽/語雨/宛若花開/汶莎 合著

天空數位圖書出版

目錄

六色羽

校園情歌

目錄

語雨

目錄

宛若花開

校園情歌

目錄

汶 莎

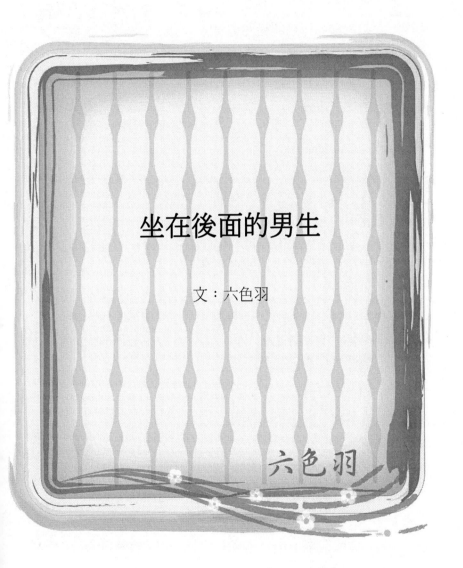

坐在後面的男生

文：六色羽

六色羽

千百張匆忙的面孔與我擦身而過，他們身上飄來的五味雜陳裡，含有新皮革與剛開箱的塑料味，臉上也是初次見面的青澀懵懂，好奇的觀察著這間教室裡嶄新的同學們。

帶著些微的緊張，講台上老師講解三年後的會考規則，每個字都自頭頂重重的壓下，壓得無法呼吸，指尖不自覺摳著桌面上前人留下的刻痕，順著痕跡畫出一個愛，仔細一看，愛心旁，是個女孩的名字。

他們朝朝暮暮春暖花開的故事是開始了，還是已經結束了？但無論如何，都已不會在這間教室重播了，年輕的歲月，是不會如北飛的燕子，可以年年回歸。早秋的風吹動老師桌上的舊課本，一疊未丟的考卷被呼得四處飛揚，彷如繾綣出學長姐們在這同窗共硯時、夜以繼日尋夢的影子。

後面的椅子被狠狠的踢了一下，我詫異的回頭，你有些意興闌珊的對我說了聲抱歉。我偷瞄了一眼你桌底，你修長的腿在那幾乎沒有它的容身之處，那張桌子也幾乎被你高大的身形給埋沒在懷裡，你到底是有多高？

「170。」一抹貝齒亮在你燦爛的笑容下。

我咯噔一楞，撇嘴說：「別再踢我的椅子。」

誰知道，往後的 365 扣掉寒暑假和假日，我的椅子天天被你那雙越長越長的腿騷擾，有事踢、沒事也踢，高興時踢，就連上課打瞌睡受到驚驚時也反射性的踢。唯獨你生氣傷心時，背後才會顯得異常安靜，卻換來我莫名的不平靜。

某天，你伏在桌上十分認真的刻著東西，我好奇的趁你不在座位時，偷偷掀開桌墊。

怎麼盡是一堆奇怪的符號而不是名字？

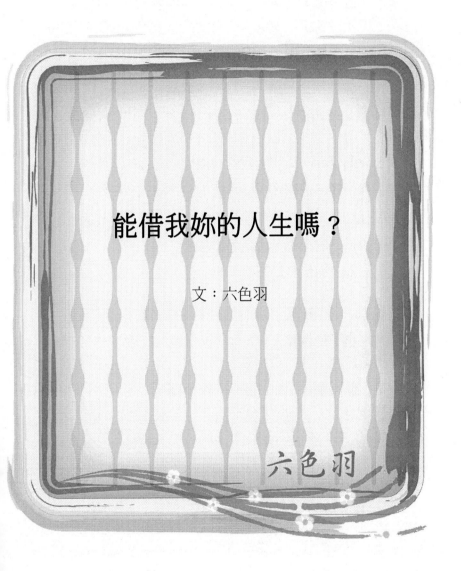

能借我妳的人生嗎？

文：六色羽

六色羽

　　黑板上噠噠噠的寫著一長串明天要繳的作業，模擬考的考試卷，也開始從前排如海嘯般向教室後湧來，我瞬間被紅色的墨汁給吞噬，國父的遺像忽大忽小的跳進黑板的視窗，我瞇起眼想看清前方卻不能，四周仿如被巨大的浪潮給擠壓沖刷著，身後的椅子又被狠狠的踢了一腳把我踹醒。

　　我回頭呆滯瞪著你，你若有所思的問我，能借個橡皮擦嗎？

　　我慍怒的反問，你想用我的橡皮擦擦掉你的人生嗎？

　　你故作懵懂的繼續調侃，那能借我妳的人生嗎？

　　我咬牙切齒，攥起的拳頭想揍在他活了十五年的頭上。

　　但…被借走的人生，會是怎麼樣？

　　會為了他人而活，受著他人的指使，變成一副沒有靈魂的軀殼或魁儡，完全失去自由？所以…我們的青春被成績單給借走了，我們的年輕被讀也讀不完的課業給綁架了？

　　考不好也不是世界末日，你雲淡風輕的又丟了一句，我茫然的呆瞪著你。

　　但是，你怎麼總是知道我在心煩什麼？

　　恍然想起上次老師請全班吃雪綿冰，你竟把我的冰沙偷偷改成熱可可。當你把那杯熱得燙手的可可端在我面前時，我差點沒讓你變成『被火紋身的小孩』，直到你理所當然的說我的臉色看起來很蒼白，需要可可的鐵劑幫忙調和一下氣色。

　　高溫 38 度 C 的酷夏正午，我五味雜陳的望著那杯冒煙的可可，你卻大口在我面前享受著冰涼沁甜的青芒果冰，那表情讓我悶痛一整天的肚子又隱隱抽疼，還開始懷疑起人生。

　　你幽幽地說，人生就是有逼不得已的時候，有取就會有捨、有捨才會有得，不要太在意得失才會快樂！

籃球隊長

文：六色羽

籃球隊長一開賽就連飆 2 顆三分球，粉絲一陣嘩然喧騰！逼得對手教練不得不喊出暫停。暫停回來後，籃球隊長又繼續猛攻，再一記三分球，對手如洪回防，他一個轉身敏捷閃過左右攻來的包抄後一躍，擦板得分！

歡呼響徹雲霄，對手傻眼楞在原地，籃球隊長的粉絲無不瘋狂！

誰年輕時心中沒有那麼一個籃球隊長？傾慕他在球場上的英姿颯爽，襲捲每顆赤熱的心，成了許多人不朽的記憶，畢業後只要有人翻開畢業紀念冊，當年隊長輝煌的傳奇，又會再度躍然腦海。

賽後，火辣啦啦隊簇擁而上獻花，唯有校花手上那束得到青睞，兩人雙飛雙燕的離開舞台，背後羨煞多少少女情懷的目光，心也跟著手上的巧克力融化。

如果我是全校模範生就好了，但我連班上第一名都不敢妄想。也許我該去舞蹈社，跳出不一樣的高中生涯；或許到美術社，薰陶出藝術家的氣質；還是文學社，用尖銳的筆鋒報導隊長的一舉一動？

但風雲人物，愛的還是穿迷你裙的啦啦隊長。

大聲公狠狠自我頭上澆下一盆冷水！幾乎把我震聾，我回頭，你已不知在我身後站了多久？又是這個平凡無奇的小子，宛如陰魂不散的背後靈。

我惱羞成怒的起身追著你打，誰叫你要將我的春天推入冬天。

散場後的體育館變得空曠且龐大，剛剛熱騰騰的人氣隨著比賽的結束有萬人空巷的唏噓，回音更加深了青春的惆悵。

初戀

文：六色羽

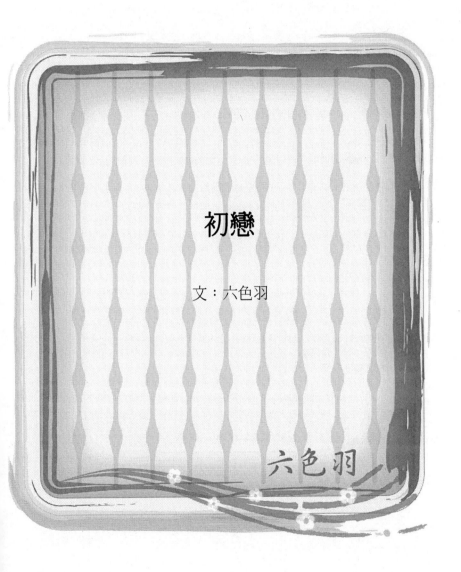

天涯何處無芳草，何必單戀一枝花？

妳說人這一生會遇見很多人，但初戀只有一個。

分手時妳忍不住還吻了他，但那個吻，既苦澀又難過，如吻著被凍結的花朵，冰冷卻蘊含著難以割捨的香味。

妳說妳將一輩子也忘不了他，明天的他，即將牽起別人的手，不會再想著妳，生命裡，從此不會再有妳。眼淚婆娑的滴滴答答落在課本上，細細的黑體字被鹹鹹的淚，潤溺成了糊狀。

往後，不管彼此再遇到什麼樣的人？妳永遠也不會忘記這段初戀、忘記他的觸摸、他的吻和溫柔。

我輕嘆著妳好傻，我們的青春才剛起步，談永遠實在太過渺茫。

可是妳傷心的淚卻讓我不禁聯想起浮世繪裡的浪，波濤洶湧的激起白色浪花，刺目炫爛地在那一瞬間被畫下。

也許我也該談一場這樣轟轟烈烈的戀愛才不枉青春？只是我的他還不知在何方？

有人說初戀是最難忘。如果和初戀沒有修成正果，之後再找尋的戀人，往往會找和初戀長相或有某些特徵相似的人墜入情網，或者在多年後再和初戀重逢，很容易舊情復燃，德國心理學家蔡格尼克說，那是因為「未完成的事情」更讓人印象深刻。

只是重燃後的火花也很容易幻滅，在時間的洗滌與淬煉後的兩人，最後終於想明白了，讓彼此懷念的，不過是那時候單純快樂的青春年少，和這些年來，想像中完美的那個他罷了。

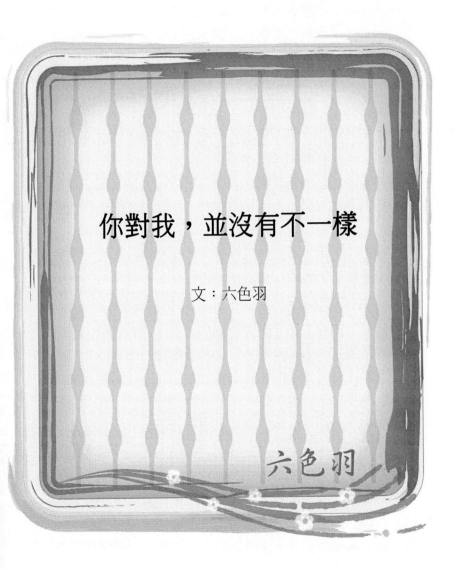

你對我，並沒有不一樣

文：六色羽

六色羽

校園情歌

喜歡他，是從那次去社團上日文課開始……

日本老師要每個人用日語，邀請某人去做某事。她題目一出完，我的心臟已經卡在喉頭，腦袋開始狂亂的搜尋所有學過的日文單字，此時，從教室後突然傳來叫喚我名字的低沈嗓音：「陳さん、私と一緒に映画に行きませんか？」

坐在教室最後一排的他，造句時問坐在最前面的我，是否願意和他一起去看電影？

剎那間，粉色的櫻花雨在我眼前紛飛，他是有意問我，還是無心造的句？只是…全班 20 幾人，他問的，卻是離他最遠的我？

直到如今，我都還能聽到我用日文吱吱唔唔的回答他邀約的句子。他挑起了我的注意之後卻也沒有任何動作，我們依然只是一起上日文的同學，他依然坐在恨天遠的距離。

老師又在課堂上出了邀人對話的題目，我的名字，再次被他低沈嗓音提起，他用流利的日文帶著蹩腳的我，一次又一次的度過老師出的艱澀考問，每次回想起那些犀利的對答，都讓我心有餘悸。

下課鐘聲響起，我決心鼓起勇氣找他道謝，他卻儼然已站在我身後，向我遞上一本『日文全方戰略』，說：「這本送妳，日文會大有進步。」

我傻傻的盯著他誠懇的眼睛還來不及反應，他已轉身走出教室，當我回神追上時，他站在腳踏車車棚下，和一個長髮及腰的女孩，親密的聊著，他最後騎上腳踏車，女孩摟著他結實的腰也坐了上去。

我緊抱著他送我的書，默默地唸著：「謝謝。」

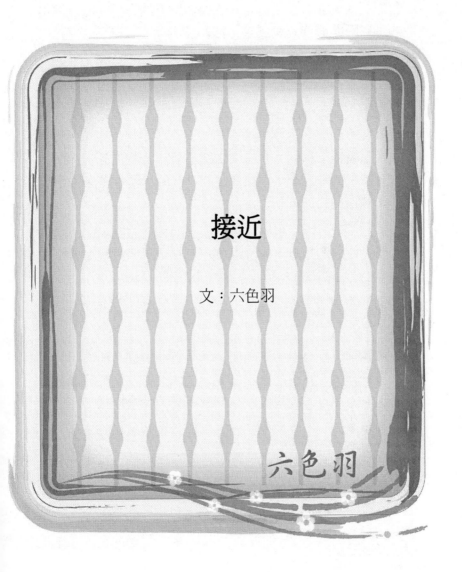

接近

文：六色羽

校園情歌

我看到他，從食堂獨自走了出來，寧夏的蟬聲唧唧，都跟著他的身影瞬間凝滯在南風中，沙沙沙的欒樹抖下黃金花浪，他踏著細碎的小黃花，踱步在整排走廊上。

明明早上才剛上完日文課，我還是情不自禁的尋著他腳步的方向走去。你在我身後叫喚乍然迷失的我：「妳要去哪？不是要去圖書館？」

目光追著他的蹤跡，我隨便敷衍打發了一句你先去，便迫不急待的轉身向他追去，不知你在我身後的凝望了多久？也忘了與你在圖書館見面的約定。

我追到了他，卻不敢再靠近；我好想和他說話，卻不知道該說什麼？遠遠的接近，保持距離才不會破壞你對我晦澀不明的關係，恍然想起車棚那抹長髮飄逸的背影，心久久無法平靜。

害怕深陷愛情、害怕受傷，更不知該怎麼捨去這段不該有的痴迷？

看著他獨自佇立，不知為何？我所有的疑雲全消失不見，勇氣貿然騰升，人竟已往他的方向走去。不管說什麼都好，就是想聽聽他的聲音、直視他眼裡的我究竟是什麼模樣？

直到我發現，他眸光中的倒影不是我，依然是她！

她緩緩的再次向他走去，路燈驀地亮起也照不亮我，影子把我染成黑幕的色彩融化在暗夜裡。

「再靠近一點也許妳就能成功了。」

我愕然回頭望著你，你悻悻然地又說：「他們的愛，也許沒有妳想像的那麼堅定。」

我詫得滿臉通紅，推開什麼都瞞不過的你走進暮色裡。

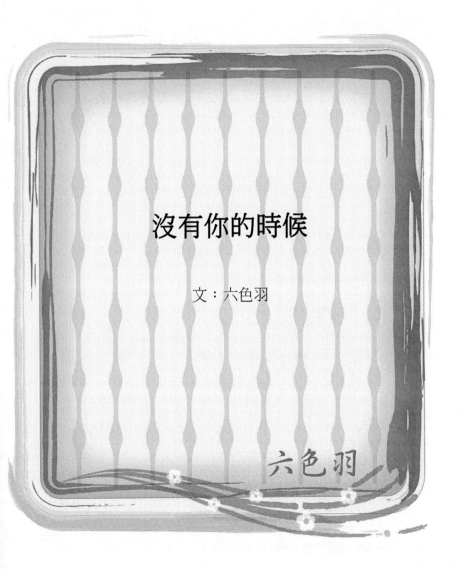

沒有你的時候

文：六色羽

六色羽

校園情歌

　　黑板上的字，一個一個變成蝌蚪跑來跑去；老師的聲音變成遠方嗡嗡嗡的噪音，沒一個進到我的腦子裏。

　　第一節下課鐘聲響起，還是不見你背著書包走進教室的身影。那長長的影子像打開窗後驀地看到的一片藍天，晴空萬里的在我身後當背景。只是，自上次我在圖書館把你放鴿子後，窗外的色彩就隨著我們的冷戰，變得烏雲密佈，隆隆的雷鳴讓我好像有八百輩子沒再聽到你的聲音。

　　你怎麼了？兩天沒來學校，該不會是染上新冠肺炎了？

　　大家都很關心，紛紛跑來問我你的狀況，我表面淡定的說不知道，放在桌底下的十指卻絞了起來。老師來了，大家掃興的走了，雜亂的秩序又恢復成平靜，認命的拿出課本翻到與我不熟的那一課，你在我身後的感覺忽遠忽近。

　　恍然想到一首歌的曲子不知是誰唱的？

　　轉身，才想起你的位子是空的。

　　前方又開始接力發下考卷，平常會吞吞禱告後才往後傳的我，今天卻迫不及待的回頭把考卷傳給你。但你真的不在，你究竟在哪裡？

　　該不該傳訊息給你？為何明明很在乎，卻得找到聯繫的藉口才能問你好不好？朋友本來就應該要互相關心，打給你何錯之有？

　　「各位同學，陳世傑還在發高燒，我一直都有和他聯絡，所以請大家不要再傳訊給他，讓他好好休息。」

　　「班長好自私，只想自己和他偷偷聯絡。」

　　「班長，那樣子太明顯了啦。」

　　班長的臉騰得發紅，無意間看向我，我與她一陣目光對峙後，她才匆忙把視線掉開。

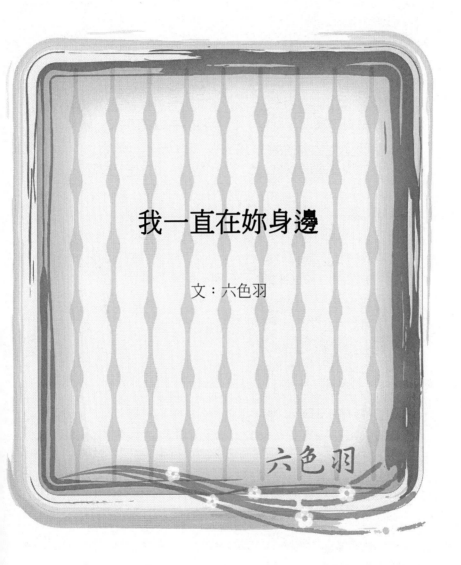

我一直在妳身邊

文：六色羽

六色羽

　　籃球場上喧嘩熱鬧，大家的活力，化為一股難以掩蓋的煩悶，把密不通風的體育館，煲出霏然的熱氣，不斷升騰出海市蜃樓；籃球拍打在地板反彈落下的聲聲撞擊，更讓我坐立難安。

　　我再也按捺不住擔心，起身偷偷的離開了籃球場往教室走去。沒有老師沒有同學的教室，很像一幅美麗粉彩插畫，我一直都很喜歡這樣難得的靜謐，但今天面對這樣空蕩蕩的教室，卻隱隱只聽到煩躁的心跳聲，因為我即將做的事很兇險。

　　一整個上午都是你在幹嘛？你在哪裡？你的燒退了沒？平時三不五時就會收到你訊息的手機，為何這個禮拜都安安靜靜？

　　我想假裝一切無恙，你會盡快出現再回到學校，如往常一樣整日在我身邊圍繞打轉，沒必要我特地去關心你也存在。

　　直到你不見這事像個無性生殖的細胞不斷在我腦海中繁衍，我才意識到，轉頭再也看不到，簡直是非同小可。

　　我非得緊急打個電話得知你很好才能平息我被你感染的腦袋，整日的坐立難安一定是對你的罪惡感，身為人又是同學一場，總不免要虛寒問暖嘛。

　　偷了導師收在置物箱裡的手機，鬼鬼祟祟的撥給你，沒想到鈴聲才第一響，你就接了。

　　我訝異吱唔：「喂…喂…」

　　「幹嘛打給我？」

　　我沒好氣的噴了一聲：「就問你退燒了沒？」

　　「還沒退燒怎麼回來上體育課？」

　　「啊！你在體育館？」

　　「沒。」

　　「不然你在哪？」

　　「在妳身後看妳在幹嘛？」

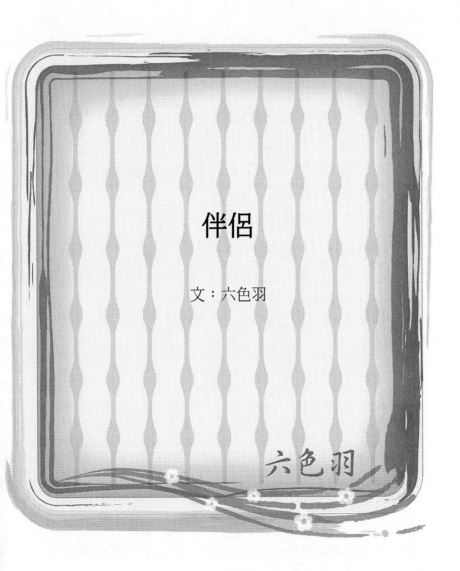

伴侶

文：六色羽

六色羽

校園情歌

作文題目：什麼是伴侶？

我盯著作文題目發呆了快半個小時，眼看考試的時間迫近，急得如熱鍋上的螞蟻，後面卻不斷傳來振筆疾馳的聲音。

你什麼時候開始變成文思泉湧的大文豪了？

還是你只是故佈疑陣擾亂軍心？

好不容易，我望著我勉強寫出的作文冷汗直冒，你高大的身影卻拎著洋洋灑灑一絲空白也不剩的稿紙，踏著愉快的步伐交卷，使我更加徨徨不安。

午餐時間，我若有其事的問你，什麼是伴侶？

你狡詐的輕笑一聲：「妳知道嗎？雕刻家為了更完美地雕刻一塊石頭，不僅事先就得知道他想要把石頭變成什麼樣子，也必須了解石材本身固有的性質，才不會出錯。」

我腦子當機：「所以雕刻家和石頭是伴侶？」

「伴侶的存在，會激活你已經擁有的品質，就像雕刻家和石頭。」

「你的意思是，不了解並提升我的人，就不能夠稱得上是伴侶？」

「魚兒只有在海洋裡才能找到自己的位置，珊瑚島雖然很美麗，但對於魚，也只是墓地。」

我靜靜的睨著你半晌，你自信滿滿的繼續說：「伴侶能讓你如魚得水、如雕刻家和石頭、如人和空氣，悠遊自在的融合在一起，也只有在適合於自己的環境裡，才會活出更有價值的意義。」

「那我們就不是伴侶。」

「當然是。」

「為什麼是？你在我身邊又沒提升我的品質，還降低了。」

「但妳說的笑話，只有我懂。」

「這提升了哪門的品質？」

「提升了妳的自信，讓妳更勇於在別人面前表達自己的想法不是？」

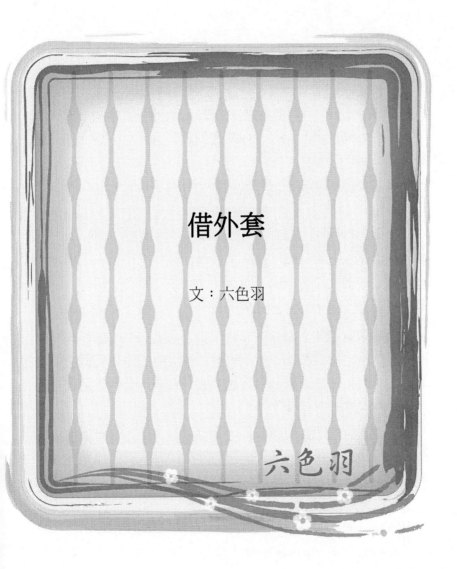

借外套

文：六色羽

六色羽

「方雨欣妳穿的是誰的外套？」

「啊！該不會是三年五班班長的？」

「你們真的在一起了嗎？」

一群女生鬧成一團，方雨欣嬌小的身子像長出翅膀的小鸚鳥，暖洋洋地躲在男生的外套裡，長長的袖子把她的手整條吃了進去，心滿意足的深吸一口暗戀她的男人氣息，讓大腦開始熟悉這安全的味道。

料峭的春風好像吹開了窗外的櫻花飄進整個教室，有人向方雨欣撒下他們在風雨操場撿回來的櫻花，其他人也跟著起哄，一起為這段剛剛萌芽的戀情推波助瀾唱起結婚頌。

借外套給女生，和心儀的男生借外套，最近不知不覺已蔚為一種求偶儀式。我為眼前單純的青年男女感到嘖嘖稱奇，該不會以為穿上男生的外套，就等於要套住一輩子了吧？

男生願意借外套給女生，就代表喜歡對方、或想與她交往嗎？有時候男生就真的不會冷，所以紳士的把外套借給需要的朋友；有些更狠，直接向女生說，他也會冷，不借，全然不在乎女生的心會碎成一地。

一件厚重的外套兜頭罩下，一股詭異又熟悉的味道也瞬間充斥我的鼻翼，我立刻拉下那件外套探出頭，就看到你那張貼過來的臉。

「快點穿好我的外套，我知道妳也很想體驗貼近我的感覺。但它已經一個月沒有洗了，充滿我的愛和味道喔。」

我掙開外套，你立馬溜到走廊盡頭，遠遠對我喊道：「不要拒絕我，我會很傷心的。」我發誓等我抓到你就要讓你碎屍萬斷。

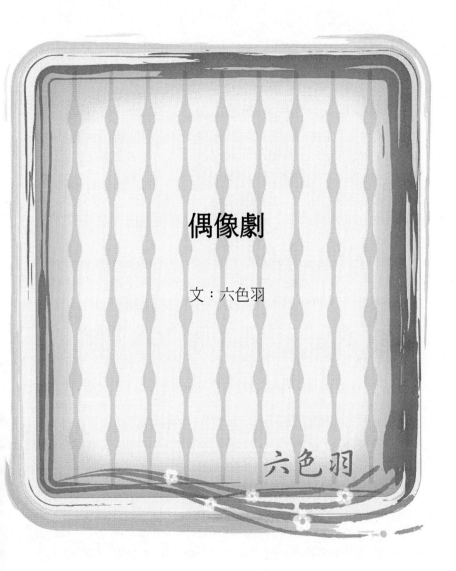

偶像劇

文：六色羽

校園情歌

「小茗驚天的發現，原來每天在聊天室和她聊天的男生，不是她的男朋友俊崎本人！

直到有天俊崎問小茗為何喜歡他？小茗毫不遲疑的回答他『一見鐘情』後，俊崎竟直接把所有有關小茗的足跡自他的通訊軟體消失，厭煩地對她下線。

透過他人小茗才知道，原來俊崎和一群男同學打賭競賽誰先追到她，才和她成為男女朋友，事後還把他的帳號租給其他男生與小茗對談，根本是在玩弄這段感情，小茗才明白這段戀情只是俊崎的一場遊戲，而她卻傻傻的愛著俊崎。

我跟著電視劇中的小茗眼淚也一起嘩啦嘩啦的停不住，女主那麼用心的愛著男主，男主怎麼可以這樣對她？根本就是個人渣。

姐姐卻一滴淚也沒有掉，只是面無表情繼續咬著她的洋芋片；媽媽更是輕鬆愉快的繼續一邊瞄著鏡子、一邊拔自己的白頭髮，偶爾才抽個空看一眼電視裡的劇情演到哪裡？

我開始懷疑我是不是和兩個冷血動物一起看偶像劇？

姐姐睨著我紅腫的眼嗤得一笑：「傻瓜才會看個戲，哭得兩眼通紅。」

媽媽若無其事道：「別笑她，沒有愛過的人，是最幸福的，因為沒受過傷，會被愛情裡的甜蜜與美麗給朦騙。」

「我明明就是替女主悲慘的下場哭的，哪只有看到甜蜜？」

「多談幾場戀愛吧。多在現實中經歷一些傷痛，對於那些感人傷心的戲碼，就能麻木免疫了。」

原來一場戲，卻有這麼多不同層級的體驗，若是我多年後再回頭看一次這齣戲，還是會為女主的遭遇落下同理的眼淚嗎？

劇外的花樣少女，終究是會長大的吧。

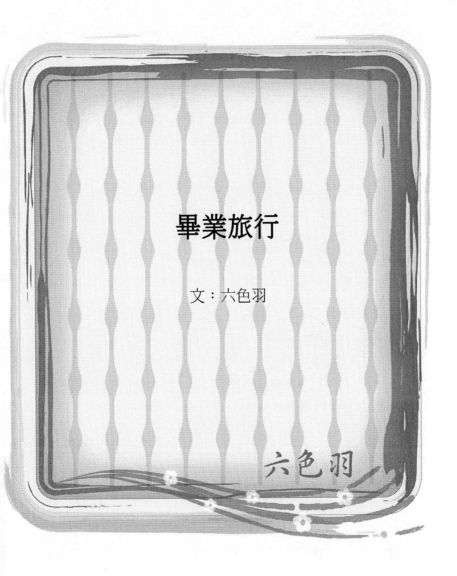

畢業旅行

文：六色羽

六色羽

從飯店的落地窗看向外面夜闌人靜的海景，我們四個睡不著覺，關著燈，趴在昏暗的床上遙望滿斗的星辰，聊著畢業後各自想踏入的旅程與夢想，星星乍然成了每個想像的據點，帶著我們越走越遠、越飛越高，高到快要找不到回到房間的方向。

聊累了，我們繼續上網，依然沒有半點睡意，門外傳來輕聲的敲門聲，彩庭咚的跳下床打開房門，隔壁四個男生躡手躡腳的魚貫竄進，一顆枕頭不由分說的往那些臭男生的頭上挨去，枕頭大戰於焉展開。

門又傳來敲門聲，二個女生的身影隨即跟著走廊的一道光亮沒入房裡，趁著羽毛宛如繽紛的雪花在到處亂飄之際，有人開起無聲演唱會，反正也不知道主唱唱的是什麼歌？其他人就忘我的一旁群魔亂舞。

「老師巡房了……」

只見一陣兵荒馬亂的逃竄，二個男生塞進衣櫃裡；二個男生躲進浴室，本室的立刻躺平掩耳裝睡，棉被下還藏了二個別室來的女生。

班導眯著細長質疑的眼睛，掃視一遍倏忽變得安靜的房間，一根羽毛飄零在她頭上。

她臨走前丟下一句：「不可以破壞飯店的公物，不可以發出噪音吵到隔壁房間。」

門被班導輕輕的碰上，房裡又驀地回到黑夜裡的寂靜，躲藏的人宛如爬出暗處的蟑螂，冒出頭和其他人一陣張望後，又開始瘋狂搗蛋。

隔壁房的佳鈴突然趁亂在你耳邊說：「陳世傑，我喜歡你……」

場面剎時一片死寂。

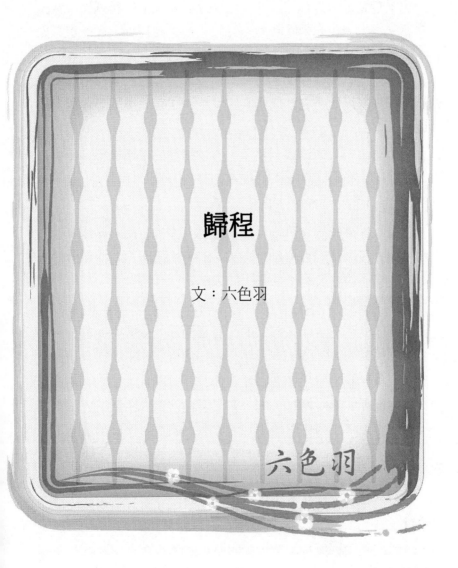

歸程

文：六色羽

六色羽

　　她走到你旁邊坐了下來,遊覽車好長,但佳鈴就是刻意走到你身邊坐下,原來昨晚她對你的告白不是無理取鬧,也許她三年來都在喜歡你。

　　佳鈴低著頭靦腆的兩頰,可比窗外忽嘯而過的紅燈還要赤熱,你刻意視而不見,快速的瞄了我一眼後,掉開了眼睛看向窗外。

　　司機說,我們就要到校了,這趟美麗的畢業旅行,就要畫下句點成了相簿上永遠的回憶。

　　「我不想你只成為回憶……」

　　淚光在她眼眶裏打轉,你看向她,顯得有些不知所措,原本吵雜的氛圍也瞬間冷卻了下來,別離的情緒在座位與座位間傳染,從佳鈴終於忍不住滴下的淚開始漫延整輛車,凝重的連空氣都變得僵固。

　　下了交流道,印入眼簾的街景畫面開始變成熟悉的眷戀,不是剛出發時,整裝待發去探索陌生城市的興奮,高飛的倦鳥,下個目的地將是各自的家。

　　你後面的男生推推你的手臂又看向佳鈴,你低下身拾起包包,自裡面拿出衛生紙遞給她,依然不發一語。車子急轉了一個彎,學校的校門已漸漸佔滿整面車頭的玻璃窗,佳鈴倏地站起疾步的往車門跑去。

　　以為告白就此落幕,卻沒想到,你起身衝向她並拉住她的手臂,站在她身後低聲告訴她:「回家後我再打給妳。」

　　我的心因為最後一幕,不明所以的停止跳動了數秒,然後趁著你再次看向我前,連忙把視線從你們的身上移開。

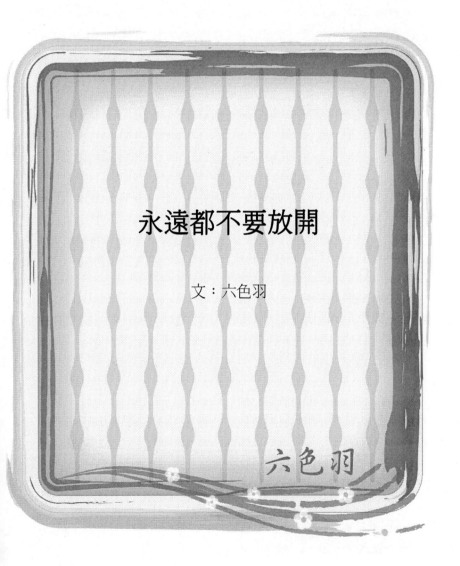

永遠都不要放開

文：六色羽

六色羽

你也愛著佳鈴嗎？回家後你會在電話上跟她說什麼？

一夜半夢半醒，『回家後我再打給妳』那句話宛如魔咒，不停在我夢中纏繞不去。電話突然急切的響了起來，我才從那魔咒中驚醒，看了一眼來電顯示，竟然是你！

「雅晴說昨晚妳下車回家時，被摩托車給撞到，為什麼不告訴我？」

「幹嘛要告訴你？你又不是班長。」我緊抿起下唇。

你下車前拉住佳鈴在她耳邊低語那幕，又在我腦海一閃而過。

你似乎有些生氣，許久才開口說：「傷到哪？醫生怎麼說？」

「就手臂扭傷，還沒去看醫生。」今天家人恰巧都到外婆家度周末不在，雅晴昨晚答應我，今天會騎腳踏車陪我去附近的骨科。

「我在妳家門口，妳快點準備一下我帶妳去醫院。」

我驚訝的奔到陽台向下看，你手持手機帥帥的坐在捷安特上，抬頭給了我一個『早安您好』的微笑。我歐麥尬的差點沒跌落椅子，只得匆匆的快速整理一下頭髮便慌忙跑下樓。

開門一見到你，你原本的笑容倏忽變得嚴肅，儼然一副被雅晴逼來的模樣。

如果不想載我去，大可不要來，我尷尬的說：「不是雅晴要來嗎？怎麼…？」

你若無其事地截斷我的話：「她那麼瘦怎麼載得動妳？快點上車。」

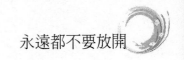

「我是有多胖？」

就在我打算直接轉身走人時，你又搶著說：「我昨晚跟佳鈴說我已經有喜歡的人了。」你的眼神開始有些閃躲不敢直視我。

我沒再問，坐上捷安特，你伸手拉住我的手放到你的腰上，隨口帶上一句：「抓緊，即使畢業後也都不要放開喔。」

校園情歌

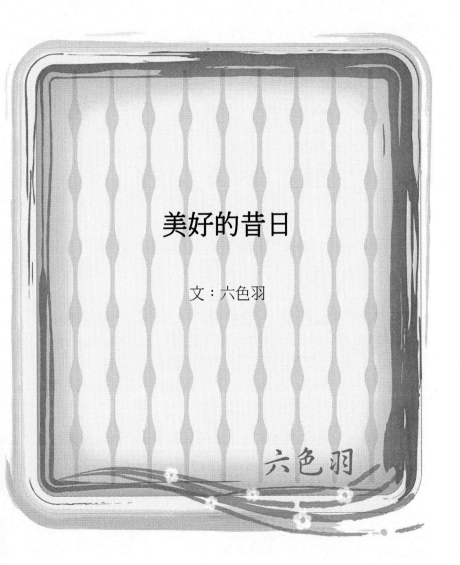

美好的昔日

文：六色羽

六色羽

　　三年來的學業，就像海嘯，吞噬了我所有的時間，同時也淹沒了我該看清的方向。只是，氾濫之後雖然留下了滿目瘡痍，但也留下了肥沃的土壤，就等待著時間開花結果。

　　浪花一波又一波的向我打來，我們如飛舞的彩蝶在金黃沙灘上逐浪，天空湛藍如幕，每跳躍的一刻都將成為美好的昔日。畢業典禮後相約到海邊，從這個時點之後解散，每個人將踏上各自的旅程，口裏不捨的與對方說聲珍重再見，但這如同咒語的再次見面，也許永遠也不會實現！

　　往後搏風擊浪的日子，都會把每個人琢磨的不一樣，唯有生老病死這課題，不論誰的路能走得多遠、經營的土壤能開出多麼豐碩的果實，都不會改變。但只有勇往直前的拼搏後，才不會徒留遺憾；短暫的人生頁面，至少你盡情揮灑過汗墨，將空白給填滿。

　　班長終於在講台上唸完畢業文稿，你淚流滿面的拉住我的袖子悲鳴，我這才知道你高大的外表下，原來有那麼一顆柔軟的心。雖然我們住在同一個縣市，但以後你要往Ａ學校走，我得往Ｂ學校去，只能在月的陰晴圓缺下共同生活，在時晴時雨的城市中，想念遠方還有你。

　　別傻了，還有手機，別忘了以後每天連線就能再看到彼此。

　　我會心一笑，傻的是你，再方便的通訊軟體，都抵不過匆匆的光陰，等我們無法交集的日子越拉越長，即使我近在你眼前，也會比陌生人還要陌生了。

　　珍重再見了。

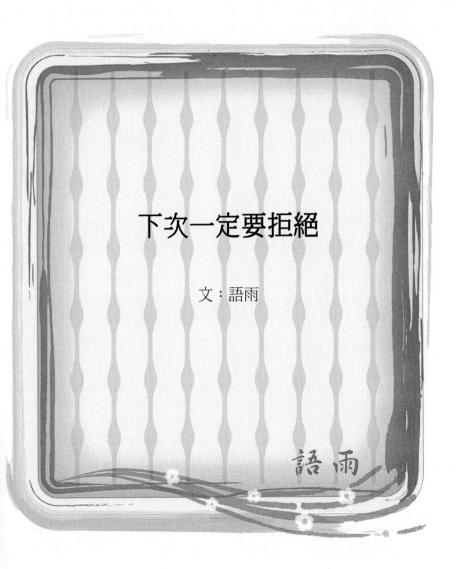

下次一定要拒絕

文：語雨

語雨

　　在校園散步，晴予忽然聽見某處傳來手機的振動聲和音樂，找了又找，終於在樹叢中撿到一隻智慧手機。

　　「怎麼辦……不該隨便接，可是……可是……」

　　慌張地不知如何是好，晴予不小心按下通話鍵，登時話筒傳來男聲：『得救了，終於接通了。』

　　「欸……那個……」

　　『我是這部手機的主人，可以告訴我妳在哪裡撿到的嗎？』

　　「在學校的中庭……」

　　聽見回答，手機主人鬆了一口氣，掛上電話，晴予有點害怕，自己是怕生的人，不過應該只要把手機交給對方就行了吧。

　　「太謝謝妳了，打了好幾次都沒人接，害我慌了一下，都快要絕望了，妳是我的女神，我們交換聯繫方式吧，請客是一定要請的，喜歡吃什麼？假日沒計畫嗎？好！決定星期日一起去玩吧。」

　　對方是有如風暴般的男生，晴予甚至連拒絕的機會都沒有，就被交換聯絡方式，約定下個禮拜假日一起出遊。

　　「不行，跟陌生男生一起玩，我會死掉的，我、我要堅定的拒絕。」

　　「抱歉，抱歉，我遲到了，今天都是我請客，放心去玩吧。」

　　「等、等一下……」

　　心臟蹦蹦亂跳，晴予握著小拳頭，在約定地點等待，話都還沒有說，就被拉進遊樂園，去坐雲霄飛車、旋轉木馬，等到發現時已經盡情的玩樂一番了。

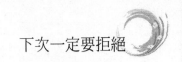

「今天玩得非常開心，下個月有沒有空，期末考後，就決定這天了。」

「欸……那個……走了……怎麼辦？下一次我一定要拒絕……」

如同暴風般的離去，晴予還是找不到機會開口，只好堅定的心想著。

下一次一定要……

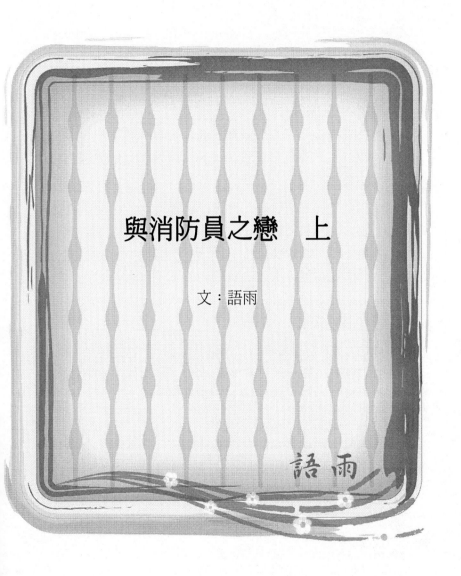

與消防員之戀　上

文：語雨

校園情歌

今天學校舉行消防演習，課堂也暫停了，趁著自習的時間，英傑與同學拿出撲克牌玩，打得正火熱間，教室內的音箱響起音樂，接著出現了主任教官的聲音。

『各位同學，開始進行消防演習，請所有同學跟著導師，依序走到操場，請不要推擠保持安靜。』

廣播持續兩遍，英傑懶洋洋的起身，同學們三三兩兩的走下樓梯，所有人一邊走路仍然在說笑，演習畢竟是演習，一點緊張感都沒有。

和同學們走向操場，消防隊已經在司令台待命，英傑往上方瞄了一眼，腳步頓時停住了，後面的同學撞上去，搗著鼻子開罵，英傑根本沒在聽，目光盯著司令台上其中一位女消防員，她擁有一頭秀麗短髮，擁有一副精悍的漂亮臉蛋，給人十分搶眼的印象，當那炯炯有神的雙眸往台下一掃，英傑雙眼再也離不開那位女消防員。

司令台上的消防隊員開始解說遇到火災地震等災難時要採取什麼舉動，英傑一字都沒有聽進去，只是呆呆的望著那位女消防員，只見她舉手投足帶著一股凜然，聲音嘹亮，十分好聽。

這些內容想必在許多間學校重複複誦了，女消防員仍然沒有敷衍了事的感覺，那一絲不苟又再加深了英傑的好感。

「遇見起火時，除了在第一時間通報以外，如果熟悉滅火器的操縱就可以盡早撲滅火種……那位正在發呆的同學，有沒有在聽我說話？」

這時英傑發現目光集中在自己身上，而那位夢中情人正望過來，自己似乎惹人生氣了，不過她生氣的表情仍然這麼好看。

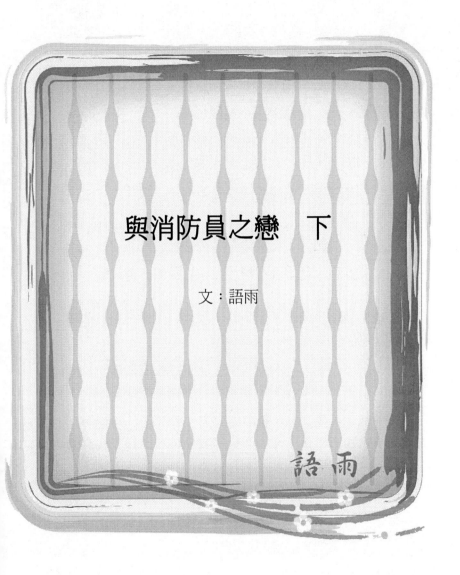

與消防員之戀　下

文：語雨

語雨

「既然你不專心，想必已經十分熟練，那麼就來為大家示範操縱，來司令台上面……沒錯，滅火器還挺重的，小心拿好。」

僵硬地走上司令台，英傑緊張到連東西都拿不穩，大概是看不下去，女消防員從他背後按住手背。

「抓緊一點，砸到腳可不是開玩笑。」

那悅耳的聲音在臉龐邊響起，雙臂都被抓住，英傑不由得滿臉通紅，跟著人家一起操縱滅火器，將二氧化碳噴向目標。

一切都結束後，消防大隊收拾東西，英傑湊上前去，開口問：

「那個……請問，蕭小姐為什麼會做消防員？」

她滿臉訝色，在這麼多學校做消防演習，還是第一次聽見有學生問這種問題，思考了一會兒才答道：「有很多理由，像是我家很窮，公務員薪水不錯，將來退休有保障，雖然危險不過受傷有政府補助之類……」

英傑聽了不知為何有點失望，他還以為成為消防員的人心中都有一份理想，然而對方講出來的話卻這麼現實。

彷彿知道英傑想法，蕭小姐微笑，開口說：「不過等到進入大隊後，才知道這份工作做起來很有價值，前幾天我還受到了小孩的感謝信，感謝我救了爸爸，真的很暖心。」

面對這份笑容，英傑心中不禁起了一陣悸動，等到察覺時，已經脫口說道：「我也能成為消防員嗎？」

「競爭很激烈，不過現在開始努力的話……」

英傑下定決心，如果一次就考中，當自己來到她的面前時，對方會有什麼樣的表情，他已經迫不及待了。

為什麼她會知道呢？

文：語雨

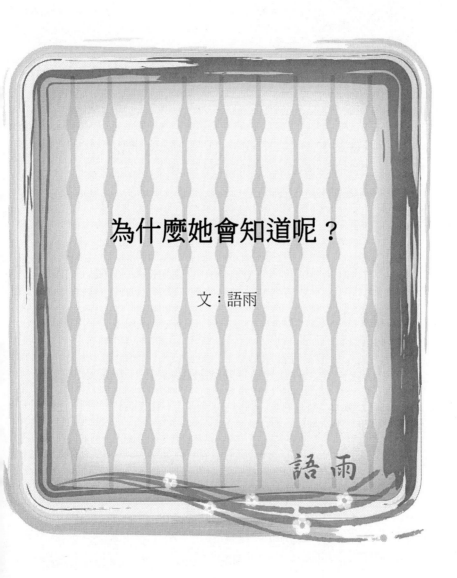

球是朋友，足球是人生。

從小我就加入少年隊，每當進行一次漂亮的助攻或射門，觀眾席就會傳來一陣歡呼，我一直很喜歡聽這樣的歡呼聲。

高考升學時，我填上足球強校的名字，目標是高中聯賽全國冠軍。

然而，在某次練習賽中，對手從背後鏟球卻踢中我的膝蓋，啪嚓的一聲，那一瞬間，我聽見夢想破滅的聲音。

十字韌帶斷裂，雖然並不是無法復原，但是要行動如常，起碼要復健一年，要重新回到足球隊更不知道要付出多少努力。

總之，在高中的足球生涯結束了，知道這件事後，我就關在病房中，不願見老爸老媽，不願再見任何熟人，那些同情眼神讓我無法忍受。

「妳是誰？」

「連同班同學都不認識，烈同學真的只專注在足球上呢。」

那女生遞上一疊厚厚的紙，那是學校功課、行事曆和升學資料等，我不禁一臉生厭，信手扔在茶几上。

「認真看，反正你上大學還要踢足球吧？」

「來不及了，就算回去也不能成為一流了！妳懂什麼！」

「是，我一點都不懂足球，不過我現在知道了，你對足球的熱情也只有這一點半點。」

我惡狠狠瞪著對方，對方神色自若的回答：「羅納度和伊布拉希莫維奇那些足球巨星也不是受過傷嗎？結果回去足球場後還不是綻放光芒。」

我啼笑皆非的說：「那是一流的選手，跟人家比……」

「你的目標是成為一流吧。」

沉默了一會兒，我啞聲問：「我還能成為一流嗎？」

「要看你自己。」

真嚴格……

在她走後，我忽然浮現疑問，她明明說一點都不懂足球，為什麼會知道這些巨星的名字呢？

校園情歌

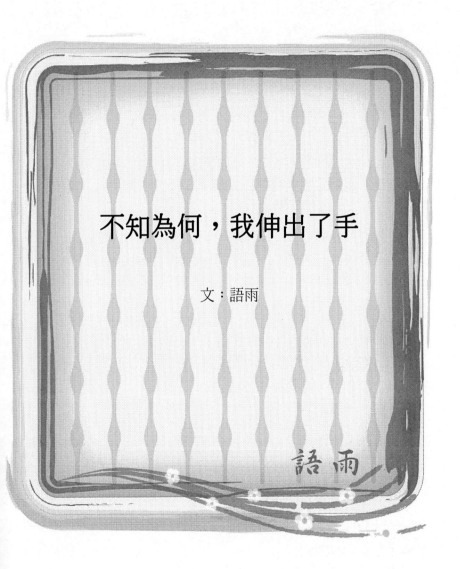

不知為何，我伸出了手

文：語雨

語雨

流血了，血液從傷口泊泊流出，救救我，感覺快要昏倒了……

「老師，她看起來快死了，我帶到保健室。」

就在這時候，手臂傷口處一陣清涼，濕紙巾覆蓋到傷口，被用力按住，在視線模糊的彼端好像有人說話，身體一輕，已經被抱起來。

在老師還沒回答前，他一溜煙就抱著我跑出教室，我腦袋一片混亂，這是公主抱嗎？人生第一次被公主抱了，怎、怎怎麼辦？

腦袋變得暈呼呼，周圍景色不斷往後退去，只見對方一腳踢開保健室大門，大喊：「打擾了，老師的包裹送過來了。」

看來對方並沒有將我當作公主……而是類似行囊的人形包袱……

「老師不在這裡，不過血也止住了，就隨意在這裡休息吧，話說你也太誇張了，只是因為被紙割到冒血就快昏倒了，究竟有多膽小？算了，我要走了。」

「你去哪裡？」

「蹺課，無聊得要死，不蹺課誰受得了。」

蹺課……咦？竟竟不在乎要做出這種罪大惡極的壞事，而且看起來一點罪惡感都沒有。

這時不良同學隨即轉過身子，要從窗戶離開，我不禁大喊：「不行！」

這個人竟然連大門都不走？

「那、那個……我、我覺得蹺課不好，如果學習落後的

話……會對升學有影響……也會挨老師和爸爸媽媽的罵。」

「噗哈哈，有趣，你覺得蹺課的人會在乎這些嗎？」

對方忽然大笑，他伸出了手，說道：「那麼你要一起來嗎？」

「欸？咦？」

望著不良同學伸出來的手，不知為何我的心跳劇烈加速，竟然不假思索的把手臂伸向前……

啊啊，我到底在幹什喵？

校園情歌

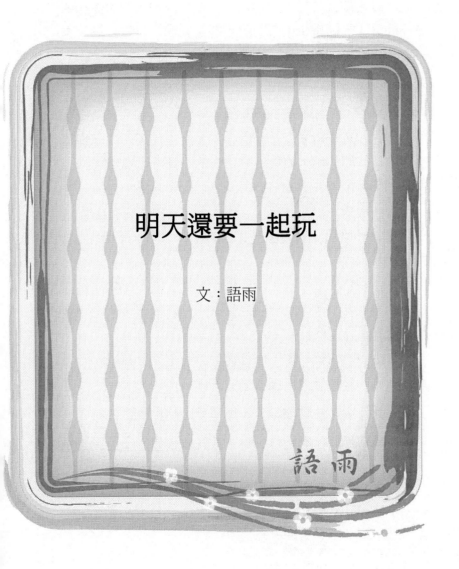

明天還要一起玩

文：語雨

語雨

校園情歌

　　那雙馬尾是個怪人，不論何時都見她捧著電腦躂躂地打，奇怪的是，老師竟也不管，更是警告我們不可以打擾人家。

　　到底是誰打擾誰了？她一個人獨立特行，這不是讓人在意到無法上課嗎？

　　「喂，你在上課搞什麼東西？一直在敲電腦，煩死人了。」

　　「我在試著證明量子糾纏是不是藉由情報粒子穿越時間，讓雙粒子同時作用，如果證明是對的，就可以觀察雙粒子的象限來預測未來。」

　　在放學路上攔住雙馬尾，對方說了鬼話，我頭昏腦脹的大吼：「那是什麼鬼！給我像是平常的小學女生一樣，玩辦家家酒和洋娃娃去！」

　　「什麼是普通？像小孩一點、平常一點，你們只會說這種話！對我來說這種事就是普通……不要把你們價值觀硬套在我身上！」

　　只見對方怒吼完後，搖晃著紅色書包，氣沖沖的走了，不知道為何，我感覺自己傷害了雙馬尾……

　　「幹什麼，快點放開我，你這隻原始人！」

　　「你不是問什麼是普通嗎？我就教教你什麼是普通吧！」

　　硬拖著雙馬尾來到遊樂場，在空氣曲棍球台上，表明不決勝負就絕對不會放她離開，她很不甘願的拿起球拍，刷刷地被我進了幾球後，接著她眼睛一亮，手一揮，空氣球便從各種角度襲來，一下子就反敗為勝。

　　「呼嘻嘻，無聊的遊戲，只要計算入射角和動能後要贏是簡簡單單。」

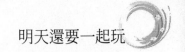

明天還要一起玩

「唔唔唔,接下來去玩賽車遊戲,我一定要打敗妳!」

看著雙馬尾得意洋洋的笑了,我氣沖沖往機車競速機台那邊走。

那天我們玩了十幾場遊戲,有勝有負,一直到天黑才回家⋯⋯

啊啊,真高興,明天要跟她玩什麼呢?

校園情歌

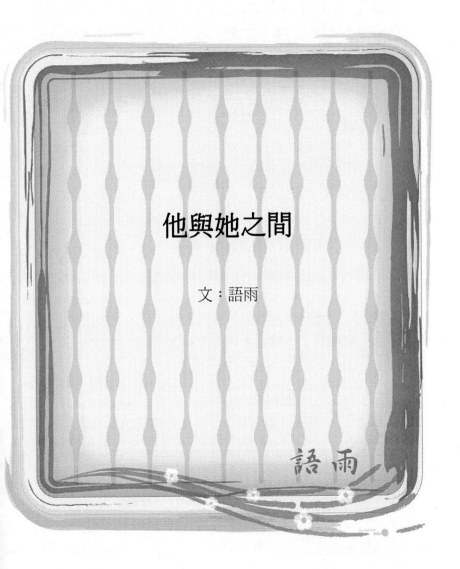

他與她之間

文：語雨

一遍又一遍將電路零件版上的零件組裝又拆卸，今天是禮拜天，義悟毫無鬆懈，乙級術科共有六道模擬題，每道題目有超過兩百條電線和三十幾個零組件，在考試當日用抽籤選定，多少時間都不夠記。

就在這時，桌子對面多一位陌生的女同學，恰巧跟義悟選一樣的題目練習，不知不覺雙方較量起來，當最後的螺絲鎖上時，發現是平手，兩人相視而笑，聊過之後，得知對方叫做葉芳，是夜校學生，白天有工作，同樣也是為了考乙級術科在假日來學校。

之後，在假日來學校練習時，兩人總會閒聊上兩句，有時也會莫名的競爭起來，相處還算愉快。

就這樣日子一天天過去，很快就到考試當天了，他搭上巴士，發現對方也在公車，看來考試時間是同一梯次，正要跟對方打招呼時，巴士一頓，發出了嘰嘰的煞車聲，司機用麥克風說道巴士已經拋錨了，請乘客冷靜等待救援。

「考試……」

葉芳臉色刷白，在這個偏僻的地方連車子都沒有，更何況計程車，義悟看向外面，趕緊下車，攔在一輛登山腳踏車面前。

「我是 XX 高工的學生，等一下要考試，可是公車卻拋錨。」

義悟報上學校和困難後，腳踏車主人一愣，臉色凝重，把腳踏車交給義悟，義悟眼睛看向葉芳，葉芳趕緊站在腳踏車後面。

「能趕上嗎？」

「是一定要趕上。」

義悟載著同校的女同學，奮力踩著踏板，趕往學校考場，

總算是在時限內完成考試了。

可是義悟考完後卻有點失落，對方是夜校學生，今後很難有見面的機會，沒想到抬頭一看，卻發現葉芳站在校門口旁。

猶豫了一會兒，他往她奔去⋯⋯

校園情歌

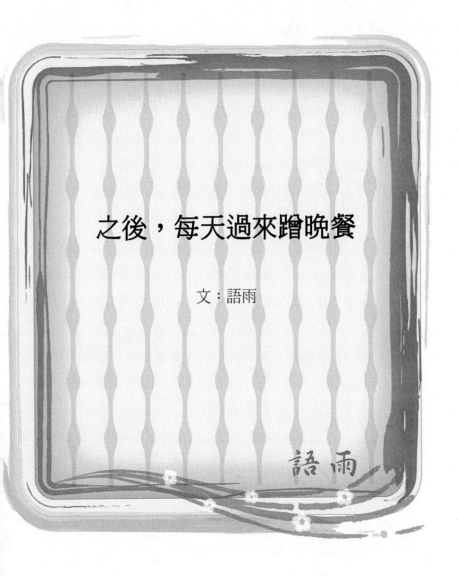

之後，每天過來蹭晚餐

文：語雨

　　除了要照顧六個弟妹，放學不能跟朋友去玩以外，小修覺得自己就是普通高中生，過著平凡的校園生活。

　　但是這份普通卻在街頭偶遇班上金字塔頂尖的團體中一名美少女——美露，劃下了休止符。

　　美露就在面前倒下，驚嚇的小修一手攬住美露的腰，另一手掏出手機打算要叫救護車。

　　「不……不要……太丟臉了……」

　　下一刻，美露肚子發出巨大的咕嚕聲響，小修手一鬆，對方摔倒在大街上。

　　「小修好過份，竟讓女孩子摔在地上，我要跟班上告狀。」

　　同班一年了，小修沒跟美露講過幾句話，不過這會兒對方就直接稱呼小名，自來熟美少女不是講假的。

　　「對不起，我請你吃飯吧。」

　　小修伸手將氣呼呼的美露拉起來，雖然自己在班上地位不高也不低，不過只要金字塔頂端的一句話，校園生活就難保平靜。

　　「小修哥哥……」「人家肚子餓了！」「有姊姊過來！」「是女朋友嗎？」

　　在窄巷的平房就是小修住家，父母出外工作，一進門，六個弟妹便迎面而來，好奇的對美露糾纏上去。

　　「全部都是一樣的臉，噗哧哧哧哧哧！」

　　大概是點中笑穴，美露按肚子笑翻在地上，六名弟妹也笑成一團，小修趁機到廚房，當料理端出來時，美露便有如風捲殘雲般吃個乾淨。

好歹客氣一點，小修心想著度過危機，今後又是平靜的校園生活，至於美露……明天大概就會忘記自己吧。

小修想得太天真了，翌日回到家時，客廳內發現多了個人，還跟弟妹和樂融融的玩在一起。

「妳回去啦！」

「我買了蛋糕，再請我吃晚餐。」

校園情歌

他們重逢是命運？還是巧合？

文：語雨

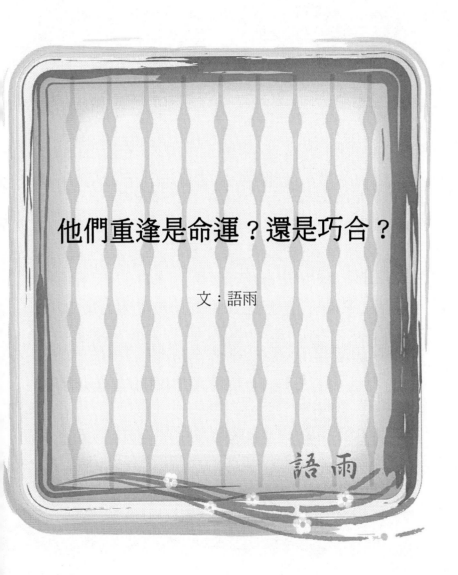

校園情歌

　　在還沒上國中前，小櫻遇上一起嚴重車禍，在十字路口前一輛轎車闖紅燈，剎那之間，一切都變得像是慢動作一樣，駛過來的轎車、駕駛心不在焉的臉龐和路人驚嚇的面孔，小櫻想起父母的臉，想到他們會覺得很傷心，下一刻，腹部受到一陣衝擊，巨大碰撞聲在耳際響起，感覺到一陣天旋地轉，失去意識十幾秒。

　　再度睜開眼睛後，小櫻察覺到自己沒死，緊接著看見腹部上躺著一個人，那人穿著制服，是男高中生，他抬起頭來，鮮血從額頭流下，小櫻大受驚嚇，連一句話都說不出。

　　「沒事了，不要怕……大哥哥在這裡。」

　　見狀，他露出白白牙齒笑了，摸著小櫻的腦袋瓜，頭一沉，倒在自己肚子上，小櫻明白自己被救了，跟著也昏了過去。

　　只受一點輕傷，住幾天就出院了，小櫻和父母想要尋找救命恩人，無奈那場連環車禍造成多人受傷，根本找不到當事人，不過小櫻知道男高中生的制服是鼎鼎有名的升學學校。

　　「於是就努力考進來了？可是事發當時你還沒升上國中喔，他早就不知道畢業幾年了……」

　　面對朋友的說詞，小櫻吶吶的說：「人家沒想過這麼多。」

　　「小櫻好呆，好可愛！」

　　聞言，朋友忍不住緊緊抱了小櫻。此時鐘聲響起，老師帶著一名陌生男子走進來，同學不禁騷動起來。

　　「這位是實習老師，也是你們的大學長，從今天開始，大家要好好……」

　　小櫻看了對方一眼後，登時倒抽一口氣，只聽老師聲音逐漸遠去，她的視線再也沒離開過對方。

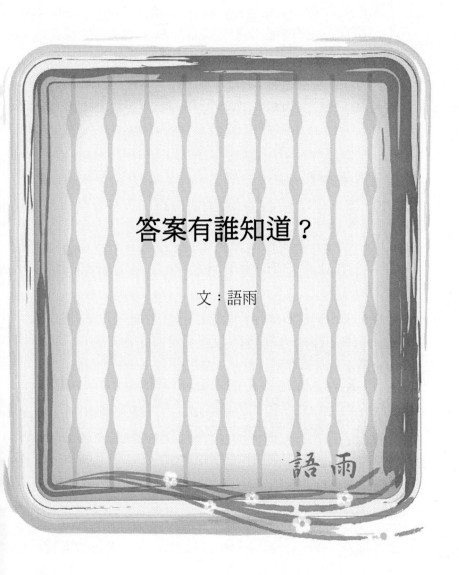

答案有誰知道？

文：語雨

　　遊戲廳中人聲吵雜，雖然玩遊戲的大部分都是男孩子，不過格鬥遊戲機台中有個女孩鶴立雞群，只見她靈活的轉動搖桿，手指輕巧在按鍵上舞動，畫面上人物展開犀利的連段攻擊，最後在接上華麗絕招獲勝，根本沒有給予反擊的機會。

　　看見女孩獲勝，周圍發出歡呼聲，然而，這時有名男孩從遊戲廳外面進來，一發現那名女孩，立刻來到機台前，抓住她的手。

　　「果然在這裡。」

　　「班、班長……你、你怎麼會在這裡？」

　　「這句話應該我問才對，知道妳今天要補課嗎？」

　　說完，男孩拉著女孩就要離開，一名觀眾擋到他們面前，一臉不悅的開口：

　　「喂，你，別掃興——咕啦！」

　　男孩揮出右直拳，重擊對方下巴，打倒那名男性，剩下的人紛紛讓路。

　　「反對暴力，啊！我的路卡爾，我的克拉克！」

　　「放心，補課的老師也是那種大叔。」

　　「我不要，話說你竟然知道拳皇角色喔！」

　　女孩拼命掙扎無果，就這樣被拖出遊戲廳。

　　「找到你了。」

　　「又是你，有夠煩，對了，來一決勝負……只要你能贏我，要我做什——好強！竟然會使用這種高級接招——騙人騙人！」

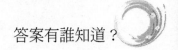

　　翌日，男孩又同樣在遊戲廳找到女孩，用高超的電玩技術打倒對方，然後，拖著她離開。

　　老是在同樣的地方被找到，為何女孩總是不換個地方玩？

　　被抓住時女孩嘴上不情願，為何卻是一臉開心？

　　成績優秀，不需要來學校補課的他，為何會知道女孩曠課？

　　答案……就只有老是被塞一臉狗糧的觀眾知道。

校園情歌

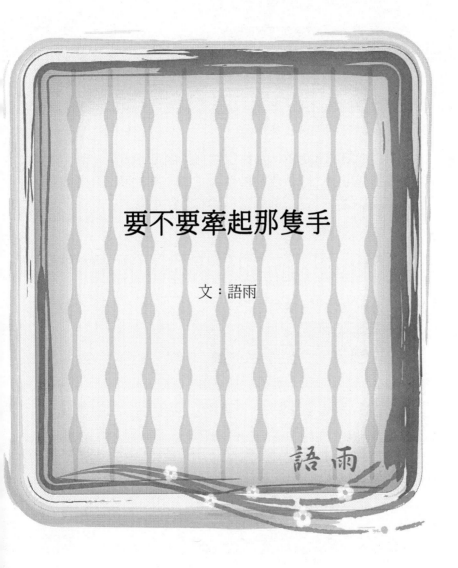

要不要牽起那隻手

文：語雨

語雨

「放學後一起回家吧。」

這對那名女孩是奢侈的話語。

學校鐘聲響起，回到家中，等待的是飢腸轆轆的客人，端了盤子在走道奔走，紀錄客人的點餐，在收拾空碗和廚餘的時間之餘也只能喝口水，結束一天的營業後，天色也黑了，那女孩只能在寫完功課後上床睡覺。

家裡面是開餐館的，女孩對這一切從沒有疑問，也了解到父母要扶養自己，維持現在的生活非常辛苦，即使如此，對放學後可以和朋友一起玩的憧憬仍然沒有停止過。

「你是班上的嗎？」

在餐桌上看見一名眼熟的客人，是今天才轉到學校的轉學生，他見女孩在學校對面的食堂工作，不禁感興趣的問了一句又一句，不過此時正是餐館最忙碌之時，女孩答了幾句，記住菜單，轉身又去忙了。

這只是日常中的光景，女孩說不定明天就忘記與男孩之間的對話。

沒想到，隔天早自習時，男孩便迫不及待過來和女孩搭話，女孩有點困惑，有一搭沒一搭的回應，當聊到要不放學一起出去玩時，班上其他同學立刻笑說：「不可能，小櫻家裡開餐館，每天都要忙，假日更是忙得不可開交。」

「也就是說，她從來沒有跟你們一起出去玩嗎？」

原本說說笑笑的氣氛被男孩錯愕面孔取代，他思索了半天，朝著女孩伸出手，說：「蹺掉吧。」

「欸……」

「我會帶你一起去玩，不管是 KTV、保齡球或夾娃娃機，陪你玩到底。」

不行，放學後我要幫忙家裡。

女孩無法像往常一樣回答，好像時間停止了一樣，望著男孩的手，久久無法動彈。

校園情歌

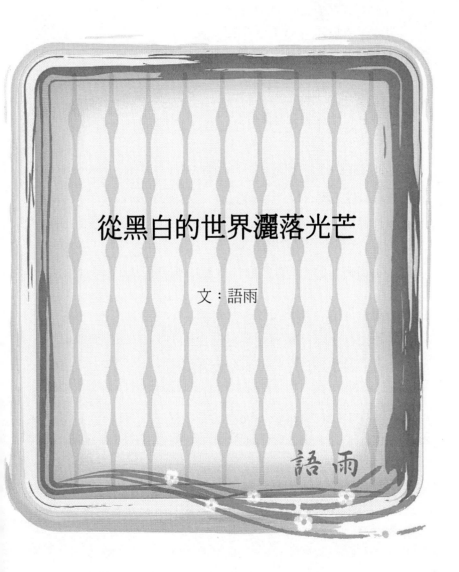

從黑白的世界灑落光芒

文：語雨

語雨

今天的女孩就要跟未婚夫見面了，想抱怨只是高中生就有婚約也太早，可是大財團直系繼承人的女兒，這類牢騷可不會被接受，從懂事開始，女孩的世界就如同默片一樣黑白。

包場了高級餐館，父親與某間新興大企業 CEO 握手後，女孩就跟 CEO 之子打招呼，簡而言之，對方是個帥哥，舉止談吐優雅，說起話來不管是流行時尚還是星辰地理都懂一些，這種王子一旦野放到外頭，就算不知道家世，也會有一大堆女孩子倒貼過去吧。

那晚賓主盡歡，除了女孩以外，父親和 CEO 都很滿意，滿意到隔一星期後，CEO 之子就轉學到女孩就讀的學園了，看來父親和 CEO 無論如何都要把他們湊在一起。

就如預測一樣，女學生前仆後繼的倒貼過去，那名 CEO 之子成為最頂尖的校園風雲人物，但是，他總是表現出一副名草有主的樣子，忠心守護在女孩的身邊。

覺得這一切都荒謬透頂，無趣到令人心生厭惡，就當女孩為這黑白世界感到窒息時，卻在偏遠角落看見王子被三名男學生圍住了。

這貴族學校有認真學習經營的企業繼承人，也有憑著家世欺人的肥豬，王子正被三名肥豬圍繞，原因看來是妒忌。

正想看溫室王子挨揍再出去解圍，沒想到王子三兩下就將三名肥豬痛毆在地，並用力踩上其中一名肥豬的臉，用猙獰到判若兩人的面孔，輕柔的說：「本大爺來這裡就讀，不是為了應付醜男的妒忌。」

「本大爺？噗哈哈哈哈！」

發出了大笑聲，心跳開始加速，感覺原本黑白的世界灑落陽光，女孩蓮步輕移，走向那名霸道王子。

可以聽聽可愛學妹的要求嗎？

文：語雨

「進入前八強了，今天小冠也很活躍。」

「竟可以在對手的長人陣得到這麼多分，真不愧是小冠。」

打完一場激烈的籃球比賽，隊員正在沖澡，小冠為勝利做出重大貢獻，自然被熱烈討論，這時有名隊員在盥洗室外頭大喊：「教練說要請我們吃大餐！」

大家一陣歡呼，一名隊員卻發現小冠拿著行李從另一條路出去，開口問：「不去嗎？你可是主角耶，漂亮的經理人妹妹們都有參加。」

小冠淡淡的開口：「現在才八強。」說罷就往出口走了，其他隊員議論紛紛起來：

「酷斃了，今天表現遠超教練要求，還是沒見他得意過。」
「真是嚴於律己，不論什麼時候都在思考籃球，不愧是王牌。」

在隊友敬佩的目光下，小冠離開體育館搭車，直到推開宿舍的大門就直接癱坐在大廳沙發上。

「嗚……我為何這麼愛面子？」

小冠表情苦惱的抱著頭。

「我也想要去大吃大喝！想跟漂亮的經理吹噓！可惡，你們不會多說幾句，硬拉著我去嗎！」

小冠用拳頭打了沙發，酷男形象消失了，現在在這裡的是一個鬧彆扭又愛面子的幼稚男生。

「噗嘻！」

聽見爆聲，小冠一僵，望向前，發現一名綁著雙馬尾的漂亮女生蹲在門口，盯著自己看。

「妳好像是最近才來的經理吧？我、我聽說你們全去參加

慶功宴了。」

　　「因為我被排擠了啊，誰叫我比她們全部人加起來都還要可愛，不過也看見學長意想不到的一面了，那麼學長，可以聽聽可愛學妹的要求嗎……」

　　見一臉壞笑的學妹靠過來，登時小冠心跳比比賽還要劇烈。

校園情歌

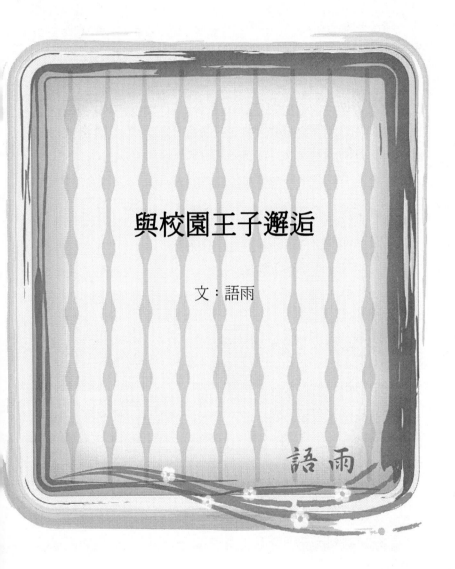

與校園王子邂逅

文：語雨

語雨

　　擁有俊秀長相和高挑身材，不但成績優良，個性也十分體貼，還受到師長和同學信賴，因此被稱呼校園王子，她就是雷成玉同學。

　　不過雷成玉同學是個實打實的女孩子就是了。

　　上課總是會被老師點名，下課會被女生包圍起來，課外活動帶領男生在球場衝鋒陷陣，偶爾會在校園角落餵食流浪貓狗，上至老師工友下至學生野貓都喜歡她。

　　「才沒有每個人，至少我很討厭她！」

　　「誰叫她每次成績排名都在你之上，第二名。」

　　「不准叫我第二名！」

　　小豐用著妒恨的眼神望著校園王子，友人 A 在旁冷靜的吐嘈，他沒什麼器量，加上是個四眼書呆，所以不受歡迎，跟王子是天差地別的一人。

　　某假日小豐搭了公車到外縣市卻發現王子也在車上，當他厭惡轉過頭去時，卻察覺王子的臉色不太對勁，原來後面有個猥褻大叔伸手摸她屁股。

　　「為什麼不抵抗！妳不是王子嗎？清爽打倒他啊，大叫一下也好。」

　　「因、因為我會害怕，而且叫了也沒人來幫我，那不是很恐怖嗎？」

　　見王子快哭出來了，小豐一時衝動，將對方拉下車子後，王子還瑟瑟發抖，高興的問：「謝謝你唷……請問你是我們學校的……」

　　「喔——這就是成績全校第一名的從容？第二名以下

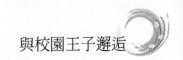

不會入你法眼，雷成玉，我果然很討厭妳！」

　「那個……那個……這是我第一次當面被別人說討厭，你叫什麼名字？」

　「幹嘛一副高興的表情，很噁耶！不要靠過來，你這傢伙，被虐狂啊！」

校園情歌

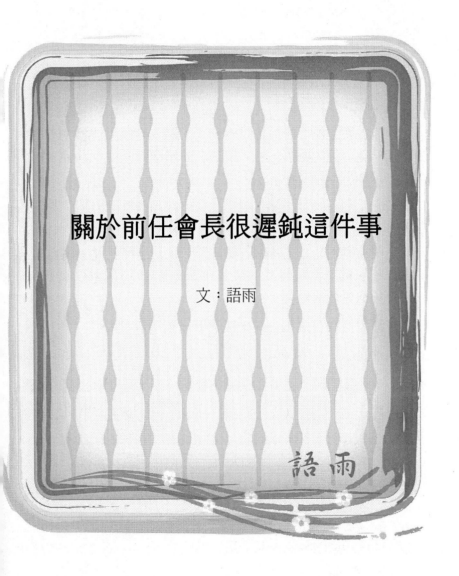

關於前任會長很遲鈍這件事

文：語雨

離別的校歌緩緩迴盪在禮堂，這是每年都會迎來畢業的季節。

校歌唱完後，身為畢業生代表的前學生會長站上講台，全校師生望著這位被稱為創校以來，最沒有威嚴的學生會長，不過也是最挺學生的會長。

『成為新生的日子好像就在昨天，剛入校的我是個沈迷動漫畫，隨處可見的陰沉宅宅，可是在三年後變成學生會長，站在這裡跟你們講話……』

前學生會長眼神充滿了感慨，望著在場所有學生，語氣信誓旦旦：「能進這間學校真是太好了，也希望往後畢業的學弟妹也能這樣認為，我在這裡要告訴你們，人是有可能性，連原本是陰沉宅宅的我都可以成為學生會長，你們也可以成為任何人，可以前往任何地方！」

在掌聲接過花束，會長微笑揮手，慢慢走下講台。

「會長！」

「唔，我已經不是會長了喔，書記，不，下任會長。」

就在走出校門時，女書記攔下前會長，前會長駐足，露出微笑。

「會長……演講很好，雖然不像是學生會長的演說。」

「還真嚴格，最後的最後還被你吐嘈一下……別哭啊……」

「別說最後的最後，又不是生離死別……」

女書記眼淚滴下來，她刻意不擦拭淚水，定眼看著對方，沉聲說：「我決定要跟會長考一樣的大學，請會長一定要等著

我。」

「那、那也不錯，到時我們又可以重新搭檔了，這讓我想起學生會剛剛成立時，就要對抗影之學生會的艱辛。」

「會長你絕對沒有聽懂我在說什麼吧，請別虛構不存在的戰鬥，會長還是少看點漫畫比較好……不要露出那種疑惑的表情啊！」

校園情歌

依戀著你

文：宛若花開

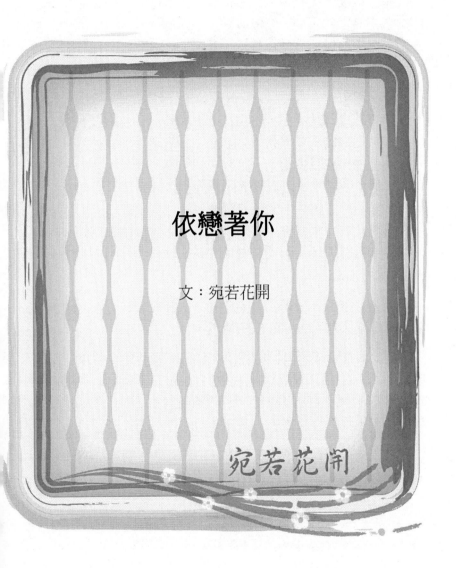

校園情歌

　　某種程度上，我是依賴著你的，因為你可以滿足我所缺乏的那些情感上的東西，而你似乎在相處的節奏上也掌握地恰到好處，從依賴慢慢地轉為依戀，甚至一戀就是好多年，遲遲無法放下曾經認定如此完美的你，不過，這些都已經是在我們分手之後的事情了…。

　　依稀記得當初的你，是那樣的溫柔體貼，當我說天氣冷，你會直接從你的租屋處帶上外套給我；當我說想看流星雨，你會在晚餐後，載我去山上，給我一個驚喜；當我吵著要看哪部電影，你會耐著性子陪我看完，再回到實驗室去完成自己未完的研究作業；直到分手的那一刻，一樣都是婉轉地說出分手兩字，讓我頓時有些錯覺，不知道是否是自己聽錯那二字，你只是溫柔地對我開了一個大玩笑。

　　在你推倒我的那瞬間，我並未意識到，其實對你的那道心牆早已被你推倒，只是我還未發覺。當我發覺時，為時已晚，早已對你陷入無可救藥的依戀情感。

　　你沒有滿滿甜言蜜語的情話，也沒有豐沛的物質供給，但是那時的你是真真實實地把我放在你的心上，你是在意著我的，我看到你眼中鏡面的反射，是滿滿的自己，並沒有她人的影子存在，我一直深信著，深深地信著你…。

　　不過，我一直未發現，其實在你的心後，還有另一個她，她一直都還在你的心中存著一個很大的位置，你…並未刪除…。

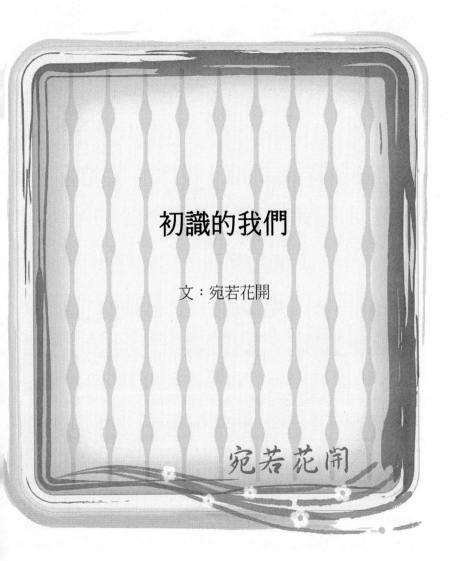

初識的我們

文：宛若花開

宛若花開

　　大學畢業後，脫離公關的身分，不用再去幫忙找聯誼的科系和學伴，也不用再幫忙辦活動，好像一切就回歸到自己身上，回到自己的本業。只是，好像上天沒有打算放過我，各種有關聯誼的機會還是直直地找上我，被找去湊人數、被找去壯膽、被找去扮黑臉…等，就像是上天指定好要我遇見你…。

　　我們的相遇，或許註定就是個錯誤，只是我們都未曾想過中間會發生多少事情，只是恰巧都是被找去湊人數，恰巧都是為了幫忙同個研究室的同學，恰巧都是同年紀。諸多的巧合，讓我們意外相遇，讓原本不以為意的我，突然陷入一個不該進入的黑洞，而且是深深地被吸引進去，毫無戒心、毫無防禦，莫名就認定你是上天帶來的禮物。

　　我們不經意地為了幫彼此同學拉近距離而交換了聯絡方式，不經意為了幫他們湊合，找些理由和藉口讓他們有機會再相遇，殊不知在無形中開始聊起彼此的煩悶研究生生活，驚覺到彼此的默契和相同的喜好。如此多的種種跡象，牽動起我們彼此的內心，即便是初識的我們，卻好比多年不見的朋友，相識恨晚嗎？當時的我確實是這樣想的，多希望我們可以早一點相遇，早一點可以一起做更多事情，就可以為我們彼此寫下更多的人生幸福故事，但是，現在的我體會到，不如當初不相識也罷！

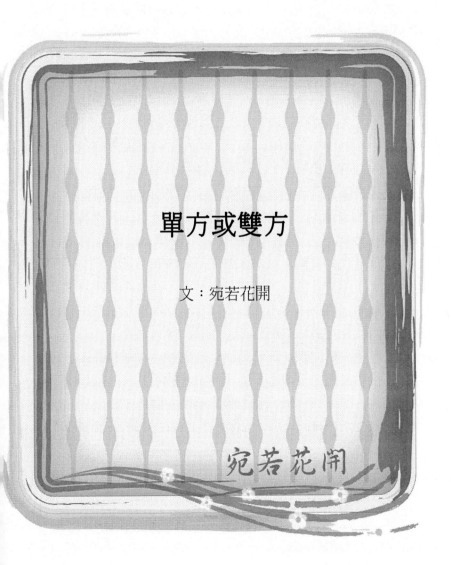

單方或雙方

文：宛若花開

宛若花開

校園情歌

　　我們各自從人生單一的某一方，來到彼此身邊，慢慢地變成了雙方。這個過程說長不長，說短不短，我們彼此都知道彼此的節奏，倆人的關係很快地就越來越靠近。不經意地在認識彼此過程中，慢慢地再從雙方變成完全的單方，因為某種程度上，我們幾乎是同類型的人。我們無話不談，都是背負著老大的使命，習慣去照顧弟弟妹妹，習慣照顧著彼此。我一個眼神，你都會馬上知道，並且知道下一步該怎麼做，如同複製人一般，有著同樣的腦袋思維，有著同樣的細膩心思。

　　而對於國外的大自然景觀都有莫名的憧憬的我們，曾經一起規劃著要去西班牙的聖雅各之路挑戰自己，一起當彼此最好的夥伴互相照應，也曾一起夢想著我們要去冰島馳騁在冰川上，踩在最不真實的土地上，甚至在這個浩大的自然造景中，享受著上帝賦予我們的鬼斧神工。雖然只是在地圖上踩著，雖然只是在網路照片上想著，但那一刻，我們是幸福地依偎在對方身邊，一起作夢，一起往同個目標前進！

　　只可惜，這次到冰島的時候，只剩我一人，我在黑沙灘上悼念著我們從雙方便成了單方，而這次的單方，是毫無交集的各一方了。冷冷的海風，嘯過我的衣擺和圍巾，我任意讓他們去飛出自己的模樣，就像我放任你去自由地飛躍，盡情地翱翔。

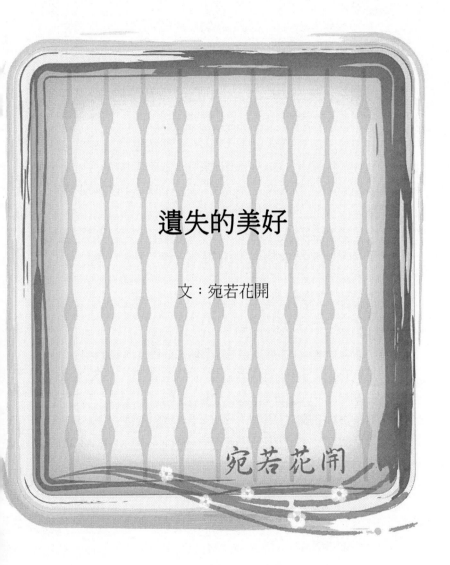

遺失的美好

文：宛若花開

宛若花開

校園情歌

　　人總要失去才知道要珍惜，但是我們是珍惜過，才不得不失去…。我曾經想要好好抓住你，曾經認定你就是我的唯一，就是我這輩子的另一伴，看到另一個她還存在，我才知道，過去的我是多麼地傻…。現在走在校園中，每一隅都是我們曾經走過、笑過的痕跡，只是它們都遺失在那，我撿不走，也不想帶走…。

　　那一處的青蛙座椅，是我們第一次深夜長談的秘密基地，每當我煩悶躁鬱時，就像默契般地走到那邊就自然坐下，開始聊起我們的各種天馬行空想法，也是那時候，第一次感受到，原來眼前的這個大男孩真的很暖。而這一處是你特地從租屋處趕到學校，將你的外套送到我手中，也是我第一次感受到，原來被人關心是這樣的感覺。而這一地，是我開始心碎的起點，我才發現，原來我一直都不是你的唯一，原來你的選擇一直都只有她…，好一陣子我都不敢經過這裡，很怕自己的心又再次碎滿地…。

　　如同體會到席慕蓉那段那灑滿地的花瓣，是凋零的心，凋零了，也經過了好幾個春夏秋冬，每每經過，心底深處還是會被抽痛一下，淡淡地走著，想起我們曾經有多少美好的時光，只是這些都隨時間遺失了，我一直試圖將其深埋在最深處，甚至想要一鍵刪除，即便很刻意地忘記，試圖讓自己不要再想起，關於這些屬於你我的遺失的美好…。

重新呼吸

文：宛若花開

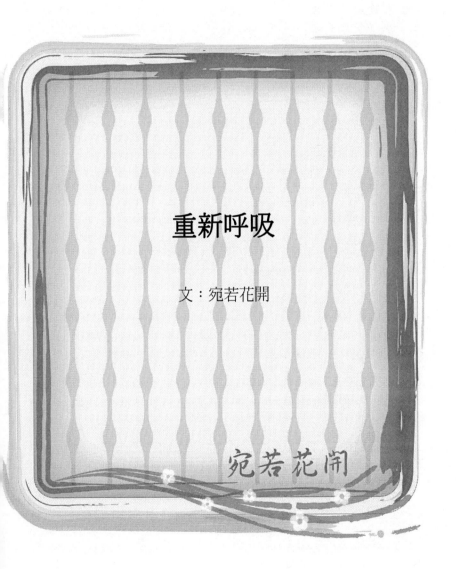

即使過了好多年，我還是無法忘記當我揹著我們共同夢想，搭著飛機升起的那一刻，我就像著洩氣的氣球，又再度重新灌回起空氣，而且是很舒服、很輕鬆的空氣。我才知道，原來當我離開有你的國家，我才會重新活過來，重新感受到自由的滋味。

只是我理解得太晚了，因為當飛機飛起的這一刻，已經是我們分手的兩年後。早就已經從研究所畢業的我們，各自在各自的工作上努力著，只是偶然我想起，發出時好時壞的訊息，有時你照單全收，有時你不讀不回。而我只是一直反覆想要把你封鎖，卻又解除，然後又再次封鎖…。

總是會從研究所同學的口中，再次聽到你的名字，或是說起你跟你的女朋友過得如何？而這些都是壓住我心口的大石頭，讓我有種不能喘息的暫時窒息感。我還無法坦然地將你的名字說出口，也無法灑脫地跟別人聊起你的任何一事，只能微微一笑置之，因為…我還沒有找到方法去面對過去的自己。直到升空的那一刻，我知道我該怎麼去面對了，也知道該怎麼讓自己可以有空間地去呼吸。不會再因為你的一事一物，就將我徹徹底底地壓制住。外面的世界真的充滿著各種致命的吸引力，早已目不轉睛到沒時間去思念任何一秒的你，或是默悼曾經那個自以為是地喜歡你的自己。

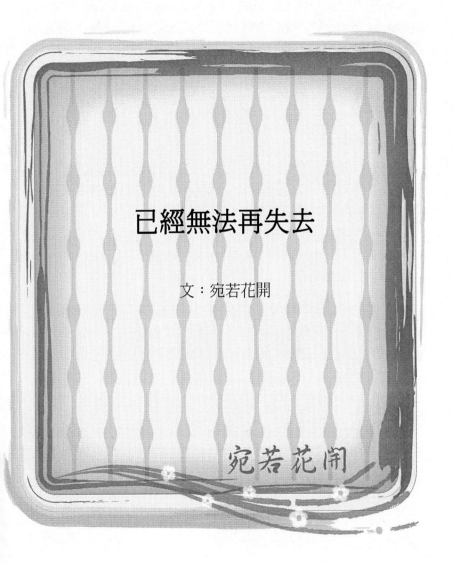

已經無法再失去

文：宛若花開

宛若花開

曾經，在分手後，好像是一種 SOP 流程，必定要整理彼此東西給對方。當你把我的東西送回來宿舍時候，我曾跟你提起，可以為彼此留下一樣東西嗎？你挑了幾樣讓我選，我選擇帶走車子模型，因為我知道曾經這是你的夢想之一，雖然我不能成為你的人生夢想，但我希望我可以帶走你其中的一個夢想，就好像一種替代品，透過另一種模式存在著。而這個存在，也只是我的幻想罷了。

每次只要遇到類似的事件，即便我已經想盡各種辦法爬得很高、很高，就是又跌回去同個地方。因為你總是讓我一再失去各種人事物，無論是朋友介紹的對象也好，外套、水瓶、雨傘…等日常用品也好，總是因為你的緣故，我的心打不開，無法接納下個人。也因為沒有你的叮嚀和提醒，我忘東忘西的個性，總是將身邊的東西一再弄丟，最後連自己都遺失了…。

或許也是上天的旨意，看不慣我還是在同樣的地方輪迴，總是轉不出來，重複地用類似的人事物提醒著我該清醒了，讓我已經無法再失去任何東西，才有辦法徹徹底底的大徹大悟吧？

還記得那一刻，我決定失去最後一個我們曾有的共同夢想，斷然跟你提起即將前往我們曾夢想過的國家，向你借了個大登山包，不全然是因為我沒有適合的行李箱，而是因為，我希望至少有個你的東西可以代替你，至少還是「我們」一起到過那個國家…。

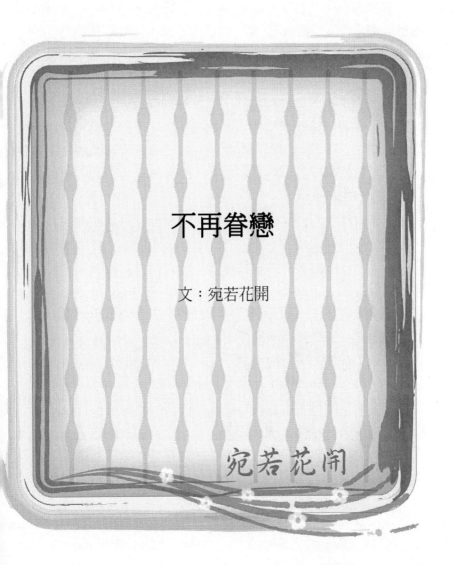

不再眷戀

文：宛若花開

宛若花開

校園情歌

　　無法再失去些什麼，也無法再思念什麼，現在的我，真的就是心如止水，止住了淚水，也止住了想找你的任何衝動…。對於任何男人，也不敢有任何的期待，因為總是盼著期待後，剩著的只是懊悔…。

　　數著過去犯下的種種錯誤，與其說是檢討，不如說是走在校園中，看著倒轉的愛情故事，就像在看著連續劇般，只是用第三人稱在述說著劇中主角的自己。我已不會再看著那幾個角落，那幾個校園中我們待過的曾經，斷然轉身，在心中囑咐著自己不要再走回頭路。

　　一再叮嚀著自己，這條路真的走得很苦，不需要讓自己再承受一次，既然已經「畢業」了，就不要再說自己重新來過，還是會走一樣的路，做一樣的選擇。他，都已經放下了，而我又有什麼好放不下的呢？又有什麼值得眷戀的呢？他們，過的是幸福美滿的日子，我不需要拿我們的過去來懲罰自己！

　　即便「振作」在目前的人生字典中，可能是暫時無法存入的兩個字，而「灑脫」在別人的口中，或許是那樣的輕而易舉，但是，目前在我的心中，這也是不可能的任務…。至少，目前的我，很清楚的是，不會再眷戀我們任何的故事，也封鎖起所有我們的過去，相信，總有一天，我可以向過去的自己說出：「恭喜妳！終於從這份人生課題順利畢業了！」這句話！

倒垃圾

文：宛若花開

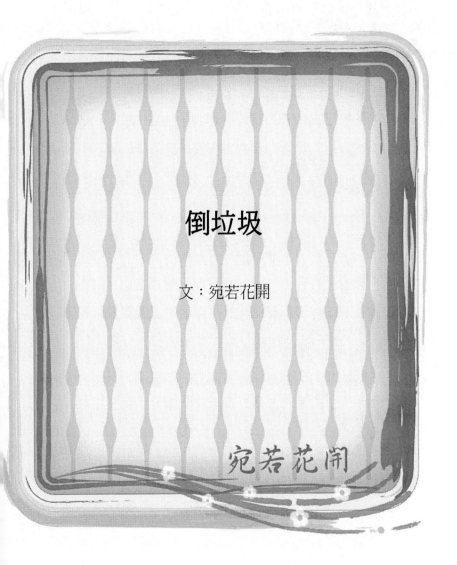

　　一直有一種很想把整個宿舍清空的念頭，總是看不慣櫃子、衣櫃、書桌等物品堆積在上面，尤其是可能跟他連結上的所有物品，都成了我眼中釘、肉中刺。心裡總是有個疙瘩，很想像擠痘痘般將它清理乾淨，或是將它直接一股腦地丟進垃圾車，然後不說任何一句再見。但是，偏偏真正是他留給我的東西，卻是最捨不得將其丟到垃圾桶…。

　　我怨懟自己的無能與無力，同樣是該丟棄的東西，偏偏就是下不了手…。無形中，我將他跟每一位遇到的男人做比較，似乎在別的男人身上找尋一絲絲關於他的蹤跡。朋友建議我將他完全丟棄，不然倒不乾淨的話，永遠都只是惡性循環，只是一直以這套「他的標準」，在找尋下一位，這是一件相當不公平的事情，不僅是對他人不公平，也是對自己不公平。明明該獲得應有幸福的是我自己，卻一直拿他來懲罰自己。

　　眼看著過去這幾年曾遇過的人，也一個個結婚生子，也慶幸自己並未耽誤過他們太多時間，好讓他們可以順利找到屬於自己的人生伴侶。但是，回頭看著自己，如果再不把心裡關於他的垃圾倒乾淨，又怎麼可能騰得出位子讓下一個人進來呢？而自己的人生，他終究不會負責，就像過去那段被他耽誤的時間，終究只是一句抱歉就帶過了，白轉了些許時間，也只有等自己將所有東西都到乾淨了，才是真的讓自己好過的開始…。

晚來天欲雨

文：宛若花開

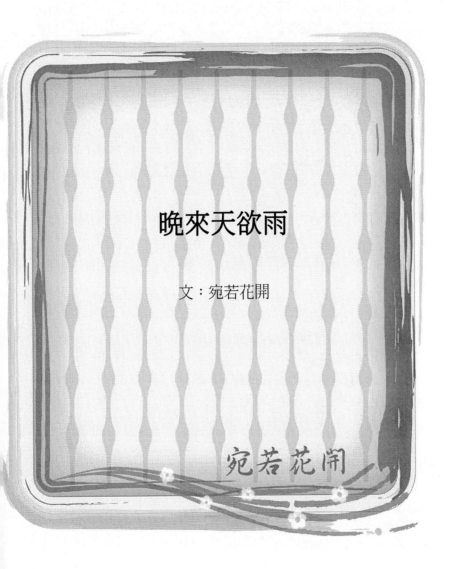

宛若花開

　　惱人的梅雨季節，開始一滴滴打在這片土地上，雖然擾人，但也是身為學子的我們，一個相當重要的時刻。因為這是我們人生的另一個里程碑，屬於我們每個人生階段的畢業季。

　　還記得我們那年是同時畢業，也是在剛進入這個季節的同時，你提出了分手這件事，讓我的世界不僅是外面在下著小雨，心裡也下著大雨…。整個梅雨季節，我也不知道我是怎麼度過的，只知道在宿舍的窗前，總是在傍晚時分，看著對面的山頭開始有一層層雲層堆積起，接著窗前也就開始一滴、兩滴的水滴，慢慢地打溼了窗上的玻璃。

　　常常室友將我拉離窗邊，提醒我別淋濕了身體，我也只是淡淡地回她一聲好，然後又坐在離窗前一小段距離，繼續看著這梅雨怎麼將這世界的顏色變深色，而他又是如何將我的世界變成了灰色…。

　　或許，雨過總是會天晴，大家總是這樣說著，安慰著無助的自己，總會有黎明來臨的時刻。但是，在我眼前的世界，總是沒有天晴的時候，好比黯淡的梅雨季節遲遲尚未結束…。或許，在白天的短暫時間內，還可以照到一些陽光，可以蒸發一些雨水，至少某些心裡位置還有可能出現些乾燥和有色彩的地方。而在晚上的長夜裡，我的心就像是乘載了無數的雨水，下也下不完，下也下不停…。

間歇性大雨

文：宛若花開

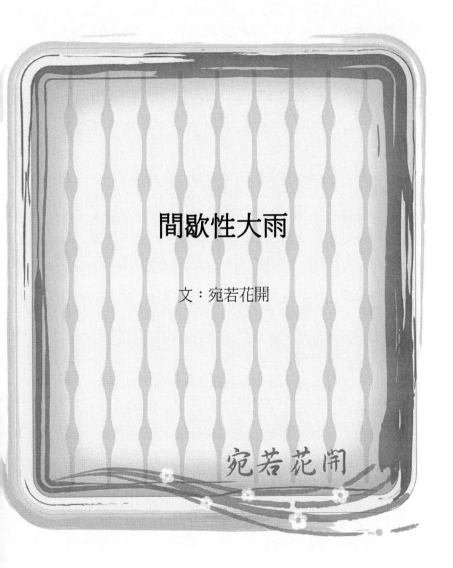

宛若花開

又是一場場地臨時午時大雨，明明氣象預報早就通知會有連續幾天暴雨，但是我依舊故我，忘記順手帶把雨具出門。當下課時，一步踏出教室，才知道又開始下起間歇性大雨。一邊等著大雨停的時刻，一邊心裡想著：天氣是可以透過數據而得知預報，但是我們人呢？

難道我們無法用大數據去知道自己下一刻所可能發生的事情或是心情變化嗎？諷刺地笑了一聲，覺得自己問了一個蠢問題，如果可以用大數據得知自己的人生即將面對一場大雨，誰又會想遇上這場間歇性大雨呢？如果真的這世界所有算命師都可以算準自己和他人的人生，那又有誰會有戲劇性變化的人生呢？而我如果有這個早知道的體悟，怎麼又會遇上你呢？

這場大雨似乎也要停了，而心中的那場大雨也早就該停了，只是我還不知道怎麼讓它停下來…。但我終究相信，它，終究會有一天，會放晴的！只是，現在的此時此刻，這場大雨還在下，還在因你而下，或許未來也可能因你而停。

如同解鈴也需繫鈴人，到最後，可能答案還是會回到你身上，我還是得再去找你一次，找你拿取那最後一關的鑰匙，才有辦法鎖住我心中的那道水龍頭，而大雨也就會在鎖住之後，自此在我的人生中，綻放出滿滿的陽光。或許我的臉上，也就有陽光般地笑容出現了！

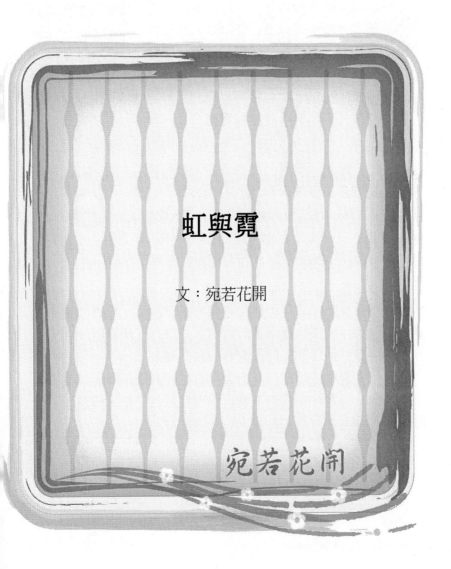

虹與霓

文：宛若花開

虹與霓，雖然相偎著，但是總是虹的能見度大於霓，而我就像那道霓，總是被你藏在某個地方，藏得牢牢的，能見度幾乎是微乎其微。如同我們隱匿的情感，檯面上如同學、朋友之間，檯面下如床伴、健友之間，我沒曾問起你心中的那個她，到底還占多少份量？你也隻字未提起她的任何事情，只是將她的東西也藏得牢牢的，好讓我無從找起，也無須擔心起。

你藏匿的是你們的青春？還是我們的地下戀情？現在的我，也無從得知，但也心裡有個底，略知其一，否定其二。而你只是安慰我，不要再眷戀過去，該往前走了⋯。其實，這道理我也懂，只是我眷戀的是那時的我們，如虹與霓緊靠著彼此，緊鄰的親密感，久久不能離去。我們在彼此身上留下彼此的味道，更在學校的每一角，留下我們的回憶與足跡。

我一口飲下我們的過去，希望可以將其拋到九霄雲外，期待自己可以重新出發。但總是會呆看著你的虹，看著你跟她繼續幸福著；而我只是壓抑著我的霓，想著自己跟自己為何獨自悲傷著。在這虹與霓光鮮亮麗的背後，藏著這些不為人知的難堪事，至於難堪的程度會到達多少，就看我想展現的能見度到多少。或許這輩子，我也不會再出現在你的身邊，但也有可能是巨星般地重挫著你的亮度。

流星

文：宛若花開

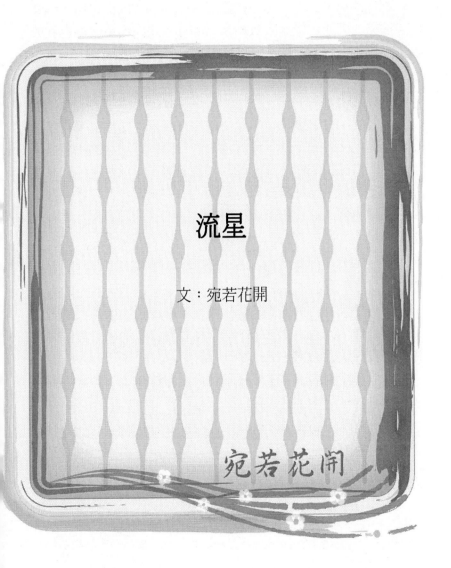

　　劃過漆黑的天際，你我的回憶就如同那次的流星雨，閃耀過，卻無法回頭。遲遲不敢給承諾的你，如同流星般劃過我的人生，也劃過我的求學生涯。明知道期待的不會成真，但是我還是好傻、好天真，仍然相信著自己可以改變你的想法，改變你的心。

　　殊不知，你早就暗自下定決心，準備當一顆流星，在我生命中呼嘯過，在我身體上橫行過，而灼傷的不是我的肉體，而是我那深信著你的心。或許閃耀過的光芒，可以照亮他人，照亮某些陰暗處，卻是將自己推向深淵，也成就了你和她。在這成就一段有情人的前提下，你跟她踩著的是我的青春，是我的寄望，是我的掏心與掏肺，更是掏光我所有的眼淚…。

　　當流星飛越天邊的那一刻，你說聲：快許願！我許的是你的平安，但你許的卻是她的喜樂。只是那時的我，並不知你許下的不再是我。我只是快速許願完後，靜靜的在你身旁看著認真許願的你，傻傻的希望這一刻永留存在你我心中，並保存著我們曾經最幸福的這一分一秒。

　　耀眼的光芒閃過之後，頓時天空會更顯漆黑，就像你在我的人生綻放過，卻也讓我從此在愛情裡從此黑壓壓一片，迷失了既有的方向。我曾在其他男人身上找尋你曾帶給我的光芒，哪怕一絲絲微光都好。卻不知自己只是越陷入更深的黑洞，從此無翻身之地…。

重新出發

文：宛若花開

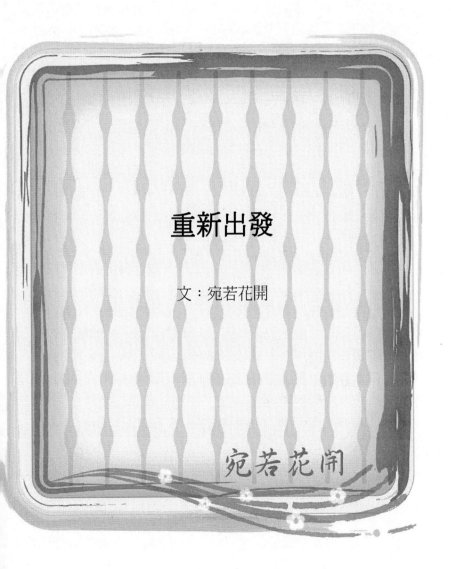

　　再度啟程，一晃眼又是六年，還是得回到那個我們曾許下的起點，也會是我放下一切的終點。收拾行囊的過程中，陸續出現斷捨離的念頭，如同出國的行李，可能會需要在某個國家、某個機場，游離在捨與不捨之間，而這也只是一念之間，決定著是否要再念舊？或是真的從心出發。

　　當初的你，斷捨離得相當徹底，完全沒有讓我挽回的機會，你早已重拾人生的行囊，在我眼前重新出發。我在原地停留了好久，轉著人生霓虹燈，轉著我們的回憶，轉著你狠心說過的每一句話。或許我該讓這些不甘心和不甘願跟著這些轉圈，然後跟著離心力拋出去，只是…當下的我、當時的我，還無法做到這樣的灑脫。

　　現在，是該做出選擇，不該再游離，也不該再猶豫，放下這些不甘不願，給自己一個大大的擁抱後，在這一刻重新出發。為我自己出發，也為愛我的人出發，就像在催眠自己，讓自己慢慢接受這個無言的結局。也要重新整頓好自己的狀態，才有機會跳出這個胡同，踏出這個無限循環，挺出自己的心，重新看看這個世界，重新看看自己。無論是好是壞，發生的事情已逝去，接下來的人事物才是真實的，也對後續的那個他才公平。自己也才有機會走到更美好的起點，然後與攜手的他重新出發，往新的兩人世界出發。

再次確認

文：宛若花開

宛若花開

　　流星劃過了天際，也劃破了你我的關係，終究是得來個了斷，為你我的人生中畫下一個句點，可能是完美也可能是不完美，但是，人生終究是不完美居多。自那次明信片事件後，你不再像過往的熱情，我們也開始有了距離，而我們也就這樣開始逐漸走向分開。後來左思右想，我們不能說是分手，只能說是從原本交集的兩條線，慢慢形成平行的狀態。

　　自我們平行後，也來回折騰過了好一陣子，不僅是上次出國去我們的夢想之地，跟你借了個登山包，那時，我再次確認我對你的感覺；後續，我們又在因為社群軟體聯繫上，又再次確認你對我的感覺。是，你給了聲道歉，我也只能被強迫地原諒當初的你。因為，一句事過境遷，一句該往前看，都是強押著我必須再次面對、再次確認這份感覺。

　　已經過了三輪的兩年，這份感覺已經稀釋不少，每次的確認就像是加入更多的水，或許這裡面有淚水和雨水，但終究是淡化了，淡淡的⋯就這樣漸漸無味也無謂。漸漸地心裡也不再會有任何漣漪，就這樣無痕地逐漸過了這麼多年，也成了我現在的養分。要說不在意嗎？或許會在意，只是就不會再之前那樣的看重，因為我已經再次確認過，再次確認這份關係，你我只想封鎖在櫃子內，陰陰暗暗的⋯一個角落。

不再挽留

文：宛若花開

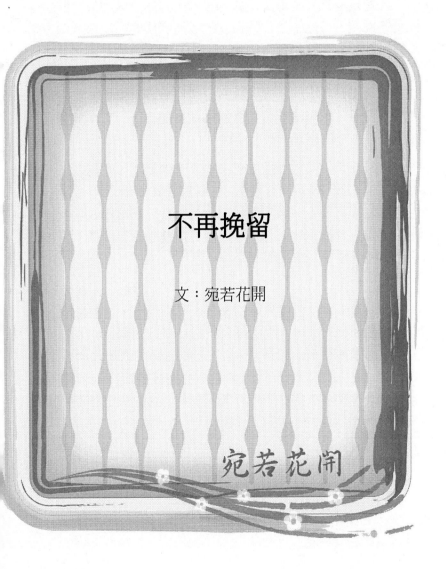

校園情歌

　　挽留是這世界上最不值錢的投資，無論是人力或時間，會得到的回報，可能不是你的期望值，而這樣的投資報酬率，是我們所期待的嗎？是值得的嗎？人生終究是得看運氣，有時候這個挽留是值得投入，但也得做好心理準備，賠得起的準備。因為，當你一身空的時候，或許可能也是人財兩失，無論是不甘願、懊悔，都無法挽留住當初那個堅信自己會成功的自己，抑或是不甘心的自己。

　　如果沒有那次的挽留，後來的我們會變成什麼關係？可以繼續當個談笑風生的朋友嗎？抑或是從此兩地永隔，避不再見？這個答案，恐怕連上天都沒有，畢竟人是複雜的動物，即便相處再久，多了解對方，終究猜不透變心的時間點。因為人總是說變就變，一去便不復返。

　　而我們可以做的，便是放寬心，做些不讓自己未來後悔的事情，至少給自己一個完整的交代，而不是在未來的夜深人靜時，叨念著早知道…。我們有多少個早知道？有多少個悔不當初？又有多少個先見之明？可以先預料後續原來我們會遇到這些事情？又可以知道我們會走到今天這一步？再多的不甘願和不捨，我只求自己問心無愧，然後不再挽留任何有關我們的人事物。再度啟程，也終究會帶著這些一輩子放不下的課題，或許哪天又想起，又開始挽留和緬懷著這些過去種種…。

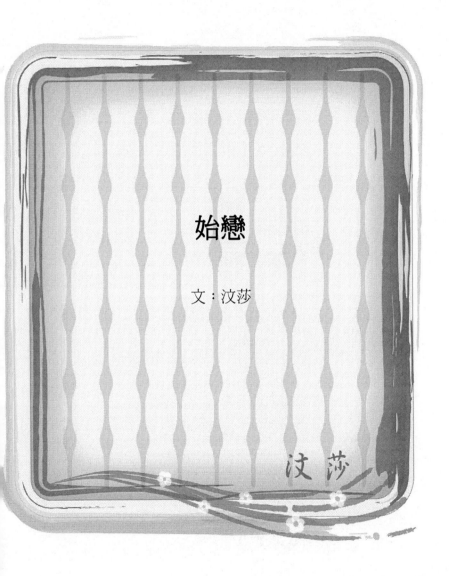

始戀

文：汶莎

汶莎

一切都是由簡單的一句「我喜歡你！」開始，

我們交往了，

這是我們第一次的戀愛。

一切都好新鮮，

一切都好甜蜜。

我們在乎著彼此的感受，

我們體貼著彼此的內心，

我們關心著彼此的生活。

我們形影不離，

依賴著彼此。

眷戀著對方身上的氣味，

依偎著對方溫暖的懷抱，

感受著對方備至的溫柔。

這份愛戀，

徹底的將我們緊緊相黏。

連上課分隔一排的座位都覺得遙遠，

連男女分班的軍訓課也上的很無趣；

甚至是放學回家後，

在沒有你的房間裡，

即使能通電話，

仍感覺寂寞難耐。

不知道該如何排解這樣的情緒，

每當我們更熟悉彼此，

更靠近彼此，

這份愛意便更加濃烈，

對你的佔有也越發貪婪。

不知道從何時開始，

我對於在你身旁出現的女性，

感到極度厭惡。

我討厭她們跟你有說有笑的，

我討厭她們不經意的與你肢體接觸，

我討厭她們總會找個由頭想與你獨處。

當他們靠近你時，

我便帶著兇狠的目光湊上前去。
當他們與你說話時，
我便插入話題打斷你們的談話。
當他們想與你獨處時，
我便出面代你拒絕邀請。

你對於我的嫉妒，
感到有些小題大作，
卻又能夠理解。

你的包容與諒解，
給我了極大的安全感。

你開始會與女生保持距離，
也會避開曖昧不明的話語，
就為了不再讓我擔心，
讓我相信沒有什麼可阻礙我們。

你的改變讓我覺得窩心，
很高興我的初戀是你。

謝謝，我愛你。

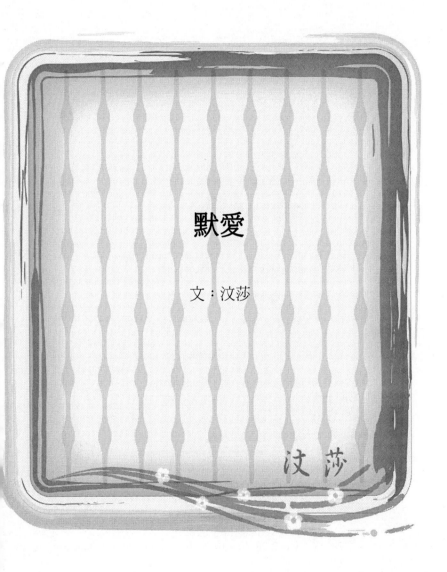

默愛

文：汶莎

你的笑容，

讓我不得已在課業上分了心神，

不知從哪時候開始，

我的視線從黑板上的課堂內容，

轉移到你的後腦勺。

看著你的髮旋，

讓我回想起我們的初識。

那是在一個炎熱的午後，

剛考上縣立高中的我，

不想上課第一天就遲到，

於是便早早到校，

找尋著班級以及我的座位。

當我爬上樓梯，

進到左邊數來第三間的教室，

便看見你支著頭，

望著窗外的景色。

似乎是察覺了我的腳步聲，

你緩緩的回過頭來，

笑著對我說聲：

「早安！」

我害羞地舉起生硬的左手，

開啟顫抖的雙唇，

向你回道聲早安。

或許是從那刻起，

我就開始在意你。

又在一個傍晚午後，

為了想早點回家，

便匆匆地收拾東西，

低著頭往門口衝去時，

剛好與正打掃完走回來的你，

撞個正著。

你順手撈起向後倒的我，

讓我完美避開與地板熱烈激吻的機會。

那時在你懷裡的我，

抑望你的角度，

正巧是我喜歡的 45 度。

或許愛意就是從這裡，

開始滿溢出來。

我不奢求擁有你，

只要在遠處靜靜的看著你，

我就心滿意足了。

不用刻意的迎合，

自然的相處與互動，

就是我想要的愛。

我不需要你的回應，

也不需要你的主動，

這樣的距離很剛好。

我很努力地隱藏著喜歡，

我很努力地隱藏著興奮，

默愛

就是為了不讓你察覺到，

我對你的心意。

這樣我才能一直喜歡著你、看著你，

你的一顰一笑，

你的一舉一動，

你的一切，

是我整天精神活力的充電寶。

我很滿意現在的位置。

今天是，明天是，未來也是。

校園情歌

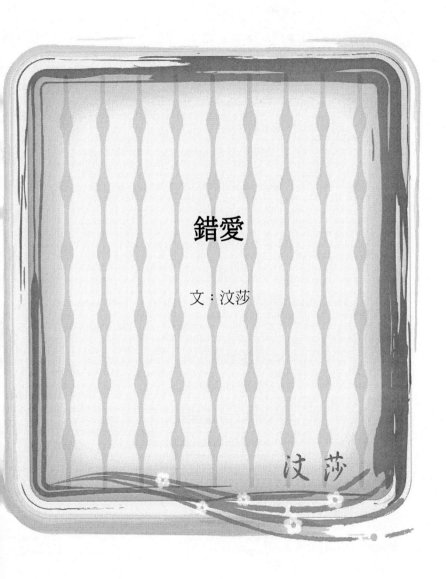

錯愛

文：汶莎

汶莎

「我喜歡你！請跟我交往！」
因為這一句話，
我們開始有了交集。

也因為這一句話，
開啟了我的初戀，
開始了我的愛情。

雖然我們並不熟悉，
僅只有一面之緣，
但我還是答應了你的追求。

你那誠懇的語氣，
你那顫抖的雙手，
你那羞紅的臉頰，
你那鼓起勇氣的樣子，

打動了我，
讓我不忍拒絕。

在對於愛情的好奇心驅使下，

錯愛

我接受了你的告白。

對於喜愛看少女漫畫的我來說，
對於愛情的想像是美好的，
充滿了甜蜜滋味。

對方的舉手投足，
都是溫柔體貼；
對方的一字一句，
都是甜言蜜語；
對方的深邃目光，
都是疼惜呵護。

感覺只要有他在就很有安全感，
感覺只要有了他就等於全世界。
但現實總是殘酷的，
我以為的愛情並未在我倆之間降臨。

你的舉手投足，
盡是粗鄙魯莽；
你的一字一句，

盡是花言巧語；
你的鼠豆目光，
盡是貪婪短淺。

跟你在一起的日子，
一天比一天還要難受，
一天比一天還要丟人。

我想我終究是錯付了，
不該相信你當時誠懇的告白。

沒想到我的初戀竟是如此的…
不堪。

當我決意與你分手時，
你卻苦求著我，
說著你會為我改變。

但狗改不了吃屎，
牛牽到北京還是牛，
你堅持沒幾天又變回了原樣。

事不過三，

所以在給予了你第三次機會的同時，

我也做好了狠心絕情的心理準備。

果不其然，

你的依然故我仍是無法符合我的期待，

我想我們真的不適合。

再見了，我的前男友。

再見了，我的初戀。

校園情歌

悖愛

文：汶莎

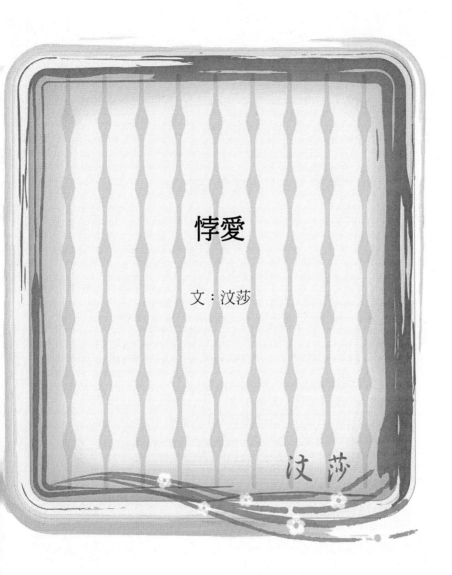

抱歉，我背叛了你⋯

我並無意想破壞你的家庭，
但自從第一次進到你家門，
我就情不自禁的被你爸吸引。

他的外型像偶像般帥氣，
他的笑容像煦陽般溫暖，
他的舉止像管家般優雅。

我明明知道他已婚，
但仍止不住內心對他的好奇。

總是在下課時，
向你打聽你爸的喜好，
而你也總是與我侃侃而談。

從言語之中，
我能夠明白你對父親的驕傲，
也能夠明白你們家庭的和樂。

我好嫉妒，
我嫉妒你爸對你媽這麼好，
我嫉妒你爸對你媽呵護備至。

我按捺住心頭那隻不受控的野獸，
希望能藉由距離忘卻對他的愛戀。

殊不知在一次的父母爭執中，
你帶著委屈悲傷的心情向我哭訴，
我安慰著你的同時，
內心興起了邪惡的念頭。

我假藉陪伴的名義，
不放心你一人在家的由頭，
隨著你回到家，
並要求住上一晚。

你內心感動著我的貼心，
而我卻是別有企圖。

夜晚，

我趁著你熟睡之際，
起身尋找你爸的身影。

恰巧在客廳遇上了他，
正因早上與妻子吵架，
而猛灌黃湯澆愁的他，
看見了我又漾起微笑。

我鼓起勇氣向他告白，
而他怔住許久，
舉起酒杯嗤笑一聲，
要我別開玩笑，
但我告訴他我的心意是認真的，
便走上前揪住他的衣領，
朝他泛紅的雙唇吻去。

他似乎有些受驚，
急忙推開我，
並拒絕了我的心意。

我雖內心難過，

但看著他尷尬又羞紅的雙頰，

我卻有種莫名的興奮。

這種悖德感讓人心癢難耐。

我想⋯

我還是會繼續對他展開追求，

只要我和你還是同學的一天，

我將會不擇手段，

成為你的母親。

校園情歌

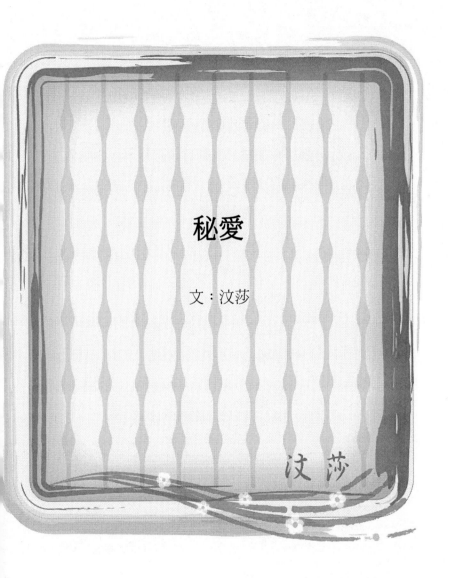

秘愛

文：汶莎

看著在講臺上意氣風發的你，

揮舞著粉筆，

點點的雪花伴隨著富有磁性的嗓音，

黑板上寫了什麼字我不在意，

我在意的是，

你那不時往我身上飄忽的眼神。

有意無意的，

帶著課本經過我的桌前，

為了掩飾你的企圖，

假藉巡課的名義，

不時的在我座位附近排徊。

『或許是我多心了…』

在內心不停說服著那躁動的情緒，

直到，

你以課業上的相談將我單獨約至辦公室，

帶著破釜沉舟的決心，

遞給我一張卡片。

上面寫著你的心意，

以及你的聯絡方式。

一句『我等你』，
飽含了你對我的情意。

面對你的真誠與深情，
我並不討厭。

面對你的勇敢與決心，
我並不討厭。

縱使你明白橫跨在我們之間的高牆，
有多麼難以跨越。

縱使你明白社會道德招來的非議，
有多麼讓人不堪。

縱使你明白這些還是勇敢的順遂自己的心意，
讓我不禁也鼓起勇氣，
按下通話鍵。

校園情歌

經過幾日的徹夜長談，

你的關心問候，

你的溫柔體貼，

你的成熟穩重。

讓我對你愈陷愈深，

愈來愈離不開你。

明知道師生之間不應存在這樣的關係，

但在我們的愛意面前，

什麼倫理道德，

什麼社會觀感，

什麼尊師重道，

都與我們無關。

因為愛，

讓我們的生命更加完整，

因為愛，

讓我們的生活更加豐盛，

因為愛，

讓我們的勇氣更加茁壯。

年齡不是問題，
身份沒有關係。

老師願意等待，
我也願意忍耐。

這將是我們的秘戀，
等待畢業後，
我將披著白紗向世人證明，
我們的愛是幸福的。

校園情歌

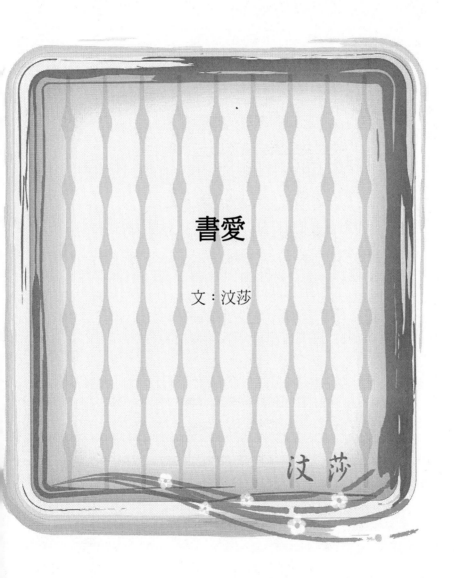

書愛

文：汶莎

帶著忐忑的心情，

用飽滿的愛意，

書寫下對你的千言萬語。

一切都由那次的意外開啟，

當我急忙從階梯上下來時，

一隻腳踩空，

重心不穩的向前撲去，

當時的我已做好萬全的心理準備，

我那光滑的額頭將迎來劇痛的撞擊。

而正要爬上階梯的你，

一個順手將我撈起，

讓我的額頭免受地板的猛烈親吻，

你那厚實的胸膛，

強而有力的臂膀，

在近距離的鼻息間，

散發著費洛蒙的味道，

勾引著我那沉寂已久的情感。

你的一句『沒事吧！』

驚得我連忙從你身上爬起，

在道謝中意外得知了你的班級。

　　自此之後，
每每從走廊經過你的班級時，
目光便會裝作不經意的閃過，
　　只為尋找你的身影。

　　看到你的身影，
心中就有股莫名的安心感，
　　如若沒見著，
心中便油然升起一抹失望。

　　有時不經意的對到眼，
你向我投以燦爛的微笑，
我便面紅耳赤的移開目光。

　　不是討厭，
而是害羞的無地自容。

　　在一次的體育課，
我們班級正在進行排球課程，
而你們班級則在旁邊的籃球場，

進行一場籃球比賽。

我的心思不時地從排球場往你那飄去，

不知被朋友多少次聲聲叫喚，

不知被排球多少次砸出紅印。

目光總是停留在你身上，

完全沒意識到朝我飛來的籃球，

等我驚覺的同時，

你以著帥氣之姿，

將球從中攔下。

你又再次問了一句『你沒事吧』，

我害羞的低下頭搖了搖，

你便帶著籃球離開。

我心中的小鹿又不停地亂撞著，

我按捺不住這滿溢的愛意，

決定寫下這封信。

希望你能了解…

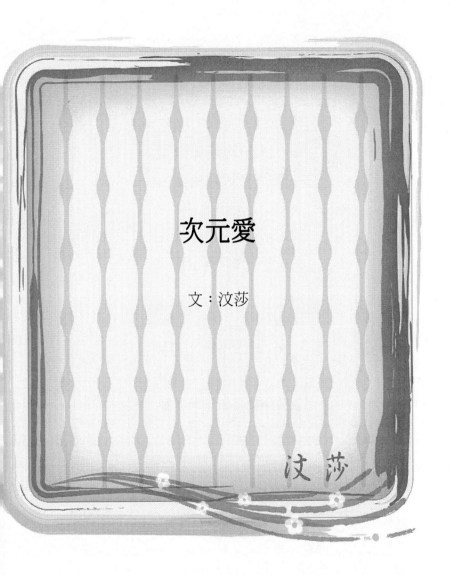

次元愛

文：汶莎

校園情歌

我的勇者大人，

你颯爽的英姿讓我著迷不已，

最期待的時候便是每週二的下課時間，

看著你背著書包，

笑臉盈盈的從教室門前走過，

輕撫的微風，

帶來你甜甜的香氣。

我的嘴永遠都停不下來，

最愛一邊吃著甜食，

一邊看著漫畫，

欣賞勇者大人的英姿，

百看不厭。

我的身材有如氣球一般，

隨著時間日與俱增，

但我不在意，

因為現實的男生我沒興趣，

只愛二次元的人物。

我不必在意他人的眼光，

忠於自己的喜好，

次元愛

或許在外人看起來，
我就是個肥宅，
一個不修邊幅、行為怪異的人。

在班上也不主動與人互動，
對於他人友善的示好，
也會因社交恐懼而感到緊張害怕；
內心築起的心牆讓我不自覺的疏離『人類』。
久而久之，
我成為了班上的邊緣人。

也因為如此，
我才能安靜的沉浸在漫畫的世界裡，
欣賞勇者的英姿。

一天，
我遇見了你，
你的髮型、你的身形，
都像極了漫畫中的勇者大人，
而你見義勇為的行動，
跟勇者大人如出一轍。

校園情歌

在我的眼裡，
你就像是顆明亮的星星，
閃耀的讓我只敢遠遠注視。

這樣我就很滿足了。

我不像安妮亞公主，
那般美麗動人。
也不像佛萊茵法師，
那般聰明絕頂。
更不像彭嘉曼劍士，
那般勇敢果決。

我沒資格待在勇者大人的身邊，
所以⋯
僅遠遠的看著你從我的教室前經過，
就是我最大的幸福了。

可命運卻調皮的捉弄了我，
讓你發現到我的存在。

在一次的頒獎典禮上，

次元愛

你擔任頒獎人，

我害羞的從你的手上接過第一名的獎狀，

你誇獎我畫得很好，

因為你也有看這部漫畫。

我嚇了一跳，

沒想到我們有共同的喜好，

正當你還想說什麼的時候，

我卻跑開了，

留下呆愕的你站在原地。

『我不配站在你身邊』。

我是這麼想的，

所以我逃開了。

可你卻窮追不捨，

只要一下課便守在教室外，

喚著我的名字。

迫不及待的想要與我討論最新的漫畫劇情，

不管他人的閒人閒語，

也不在意他人嫌惡的目光，
開心的與我暢聊著。

而我卻因為這些閒語，
感到刺痛，
因為這些冷峻目光，
感到不自在。

當我愈是刻意想逃離你，
你卻有如橡皮糖般，
甩也甩不掉。

於是…
我妥協了。

我開始學著不在意他人的蜚語，
我開始學著不在意他人的視線，
也開始學著改變自己。

僅為了有資格待在你的身邊，
成為勇者大人的…『伙伴』。

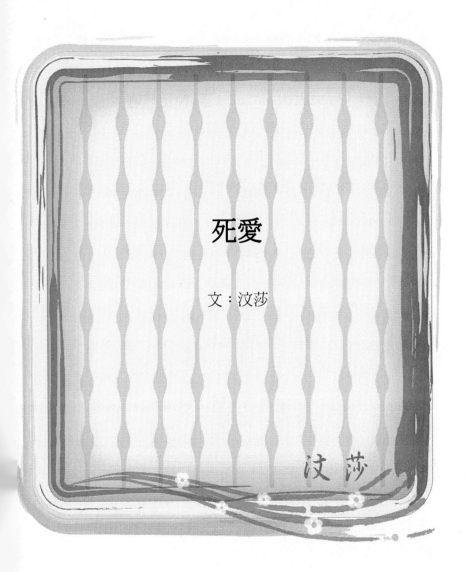

死愛

文：汶莎

校園情歌

到學校上課，

是件令我感到恐懼的一件事，

除了要遭受冷眼相待的孤立，

還有不時的言語霸凌，

以及肢體上的拳腳相向。

但…你的出現，

讓我有了前進的動力。

在我提心吊膽的日子裡，

你猶如一顆定心丸，

在我徬徨無助之際，

給我最大的安全感。

無論遭受到怎樣的欺凌，

只要能夠看到你的笑容，

我就有勇氣面對這些惡意。

日復一日的各種嫌惡手段，

塗鴉、潑水、關廁所，

讓我的知覺漸漸麻痺，

從原本的害怕，

到現在的無奈，

甚至已成為了習慣。

而眼看著我對於他們的手段，

已無反應，

便開始覺得索然無味，

於是欺凌便停了下來。

忽然，

在一次的走廊相遇，

你不小心撞翻了我手上的書包，

東西散落一地，

你好心的幫我拾起，

讓我感動不已。

這就是我與你的第一次接觸，

從前只要在遠方看著你，

我就能夠滿足了，

但見到你對待我的態度溫和有禮，

我的心情也漸漸掀起了漣漪。

校園情歌

之後，

我發現你經常藉故靠近我，

與我說話，

讓我樂不可支，

以為我們之間的關係會逐漸升溫，

我內心所幻想的情節，

也會一一實現。

殊不知…

意外撞見你與欺凌我的人，

在學校角落進行著交易，

你們之間的談話，

讓我雀躍的心情，

瞬間盪落谷底。

原來…

這一切都只是一場騙局，

這一切都只是一場遊戲。

我的信任，

死愛

我的情意，
在你的眼中就猶如垃圾般，
一文不值。

我痛哭失聲，
奔向學校的屋頂，
沒有一絲猶豫，
一躍而下。

在一片血泊之中，
我的心⋯
死了。

我的愛⋯
死了。

我的人⋯
也死了。

校園情歌

幻愛

文：汶莎

每當鐘聲響起，

我們興奮的不是課堂上的內容，

而是趁著午休時間，

到租書店去借來的一本本言情小說。

看著霸道總裁一步步攻陷倔強嬌氣的大小姐，

那種征服快感令人興奮難耐。

或是高冷律師不及不徐地與女高中生周旋到底，

那樣曲折離奇讓人愛不釋手。

或是鬼畜醫師誘惑著腹黑護士的各懷鬼胎，

那樣刺激煽情讓人臉紅心跳。

課堂上，

除了老師講課的聲音，

還有男生們竊竊的對話聲，

女生們不是在聽課，

就是看著桌下的小說。

看到精彩處，

還會與旁邊的同學分享。

青春年少的戀愛憧憬，

在小說中得到了解放。

幻想著自己是書中的女主角，

與男主角來場轟轟烈烈的戀愛。

雖然身體被困在教室，

生活被綁在現實，

而靈魂在這翻書的片刻，

獲得了最大的滿足。

小說的情節峰回路轉、跌宕起伏，

有些橋段讓人撕心裂肺，

有些橋段讓人熱淚盈眶，

有些橋段讓人欣喜若狂。

正因為如此，

才令人不自覺地著迷，

並深陷其中。

忘卻了課業帶來的壓力，

不在意父母惱怒的責罵，

藉由滿懷的濃情蜜意，

得到些許安慰。

逃進書裡的我們，

將自己幻化成女主角，

與男主角相知相惜，

現實中得不到的綿綿情話，

在書中則百聽不厭。

現實中得不到的柔情似水，

在書中能盡情感受

此時此刻，

我們正享受著被當成小女孩、小公主般，

受盡各種寵愛。

即便現實過的多麼不如意，

即便現實找不到理想男友，

只要有了言情小說，

現實的一切，

好像都不這麼重要了。

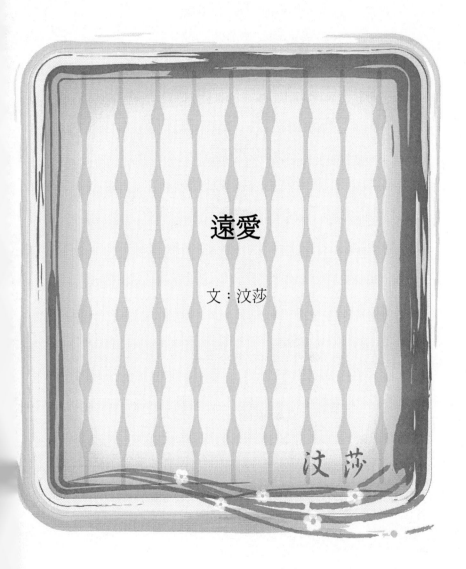

遠愛

文：汶莎

汶莎

在得知你將去美國留學，

我心中有萬分的不捨，

這是我們交往二年來，

遇過最遠的距離。

你要我別擔心，

絕對不會移情別戀，

也再三保證會與我每天視訊聯絡。

在你的承諾下，

我決定放手讓你去美國。

在分離的這段時間，

少了你的陪伴，

讓我備感孤單。

在學校的日子裡，

少了你的身影，

黑板上的課程也覺得無聊。

在吃飯的日子裡，

看見你熟悉的身影，

聽見你熟悉的聲音，

所有的焦慮、

所有的不安，

頓時煙消雲散。

我跟你訴說著沒有你的日子，

是多麼的煎熬。

而你也告訴我，

與我擁有同樣的感受。

此時的我們聊了良久，

誰也不捨先按下話鈕結束對話。

直至這裡冉陽升起，

而你那裡月明星稀，

簡單的道了聲早安與晚安，

齊聲按下話鈕。

回味著剛剛久而未得的美好，

細細品嚐著箇中滋味，

一切都拜科技所賜，

讓距離瞬間縮短，

情感的維持也變得容易許多。

每日的期待，

加深了愛戀的濃度，

醇馥幽郁、沁人心脾。

這種小別勝新婚的感覺，

令人感到新鮮。

校園情歌

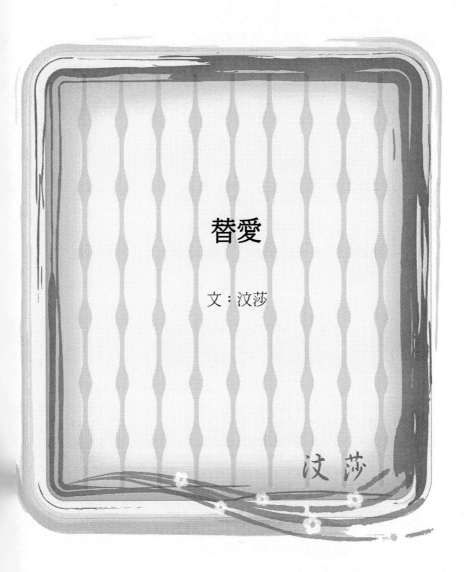

替愛

文：汶莎

即便我明白你愛的不是我，
但我仍是喜歡著你。
你說看著他們相愛的樣子，
讓你很是難受。
於是…
我大膽做了一個決定。

在不讓你察覺到我的心意下，
我提議扮演你的戀人，
給予你想要的愛與溫暖。

或許是你忍受不了寂寞的侵蝕，
或許是你嫉妒他們相愛的樣子，
或許是你渴求著愛與蜜的結合。

於是你答應了，
答應這場荒謬的交易。

在校園裡，
我們成了人人稱羨的情侶，
在眾人的視線下，
你似乎得到了前所未有的滿足感。

在舉動上也愈發親密，
開始主動牽起我的手，
摟我的腰，
甚至側耳低語。

這些舉動都讓我心中小鹿亂撞，
卻也讓我相當享受。

雖然走出校園，
我們便如同陌生人般，
心情難免失落。

卻也讓我更加珍惜著在學校的這段時光，
感受著你給予的關懷，
感受著你給予的愛意。

在偶然一次的巧遇，
在走廊上遇見了你的愛戀對象，
他與男友甜蜜的樣子，
讓你看得很不是滋味。

你加重了在我腰上的力道，
將我摟得離你更近，

替愛

舉動比以往更加親密，
挑釁似的在我臉頰上落下一吻。

頓時間我羞紅了臉，
但望向她有些鐵青的臉，
我感受到有種優越感，
在我心中漫延。

在簡短的打招呼後，
錯身而過的你，
臉上浮現出一抹寂寥。

我明白，
這一切都是假的，
我終究還是替代不了他的存在，
無論你對我的愛意多麼濃烈，
無論你怎麼向外界宣揚我們有多相愛，
我仍還是偽裝女友，
無法佔據你心中的位置。

一個能夠被替代，
能夠被隨時拋棄，
的女友。

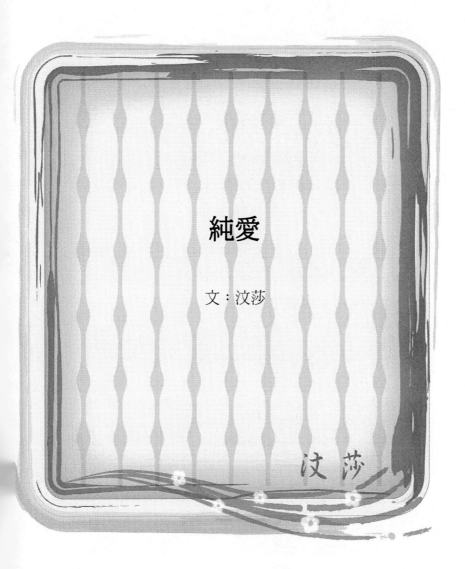

純愛

文：汶莎

汶莎

在一次學園歌唱祭上，

你在幾番熱唱後，

藉著激情的餘韻，

在舞臺上向我告白，

群起歡鬧的將我拱上閃爍不停的燈光舞臺，

看著你炙熱的眼神，

我情迷於你的魅力，

答應了你的追求。

原以為我們的戀愛會如同你的熱唱般，

轟轟烈烈，激情萬分；

殊不知卻是

連綿情懷，涓涓細流。

臺上與臺下的反差，

讓我感到新鮮，

慢熟的你甚至連手都還不敢牽，

讓我有些著急。

在幾經明示與暗示下，

再加上旁人的鼓吹與建議，

純愛

你才鼓起勇氣，
翹掉社團的練習，
陪我回家。

趁著人流稀少之際，
用指尖輕觸了我的手，
原以為只是不小心的碰觸便不在意，
見我沒特別反抗，
你便牽起了我的手。

這時我才意會過來剛剛的試探，
心中竊喜著的同時，
也羞赧著。

至此之後，
無論去哪你都會牽起我的手，
深怕我一不小心就會不見。

而這樣的幸福感也隨之縈繞許久，
漸漸地我感到有些不滿足，
想渴求更多的肢體接觸。

望著他那性感的豐唇，
我幻想著他貼在我雙唇上的柔軟，
令人興奮不已。

而你似乎在這一刻與我心有靈犀，
趁著我無防備之餘，
迅速將臉湊上前，
在我的二片嫣唇落上一吻。

猝不及防的攻勢，
不禁讓我後退三分，
分開對視頃刻，
不約而同相視而笑。

不同於你在舞臺上邀進急促的樂曲，
我們的愛情就如同你的個性般，
輕柔緩慢有條不絮，
像春天的暖流帶來一絲絲的柔情。

我很喜歡。

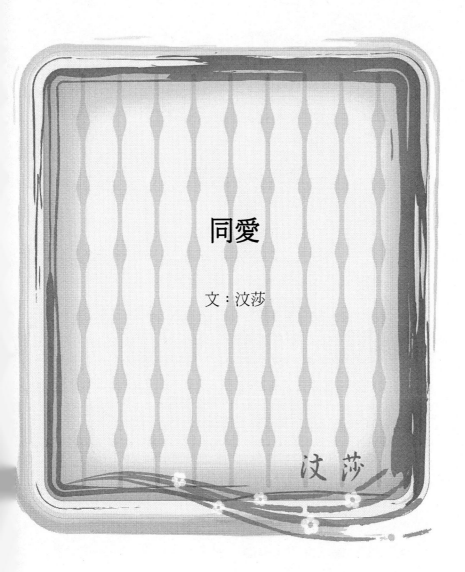

同愛

文：汶莎

下課後，

朋友們聚在一起，

談論著那些女孩時，

興奮的神情，

透露著對於異性的好奇與愛慕。

而我卻難以共鳴，

他們對於異性性徵的喜愛，

對我而言卻是無感，

但說起同為同性的性徵時，

我卻感到有些燥熱，

比起談論異性的身材美貌，

我卻在意著同桌的你。

看著你侃侃而談愉悅的神情，

讓我目不轉睛，

誇大的肢體動作不經意的碰觸，

也讓我心中小鹿亂撞。

或許是察覺自己的與眾不同，

漸漸地我也脫離了你們的討論，

發覺異樣的你，

突地約我下課一起回家，

同愛

路上雖會問著最近的異狀，
我也隨口胡謅個原因，
打消你的疑惑。

你不以為意，
還說著以後下課一起回家，
沿路會與我訴說著你們今天討論的內容，
看著你雀躍的神情，
我也不好意思拒絕，
而內心卻是如浪滔般，
波濤洶湧。

這種紛沓的情緒，
擾動著我的情感，
隨著你愈發的積極主動，
漸漸地也更加了解你的內心。

那被激起的模糊浪花，
漸漸清晰。
隱藏在內心的愛意，
也隨之浮現。

難以壓抑的心情，

占據了我的行為舉止。
原本看似不經意的動作，
如今卻令人十分在意。

說到興頭上的友好搭肩，
讓我面紅耳赤。
並肩齊行時手臂晃動的碰觸，
猶如電流般竄麻全身。
近距離的呼吸及耳邊低語，
潮濕溫暖的氣息與共震的耳膜，
直擊內心最深處。

無法抵擋的友好表現，
更加按捺不住那躁動的情愫，
幾次差點脫口而出的告白，
在理性的監督下，
隨口糊弄帶過，
而你的不追問，
讓我鬆了口氣。

不知…
往後的我們，
是否還是朋友？

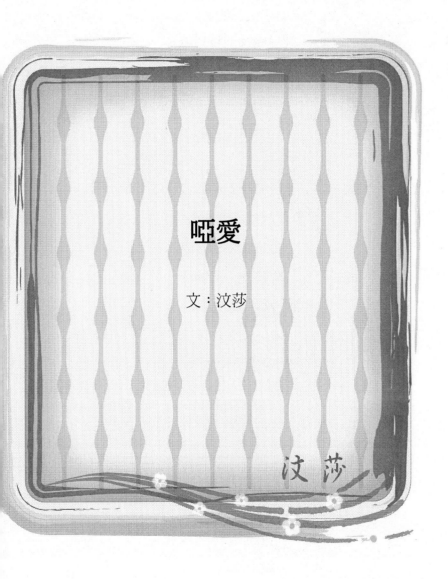

啞愛

文：汶莎

校園情歌

新生入學的第一天，
隨風飄逸的玫瑰髮香，
將我的視線帶領至窗邊的你，
靜靜地看著窗外，
一言不發的。

正當大家相互彼此打招呼，
希望能找到志同道合的朋友，
而你卻點頭致意；
對於他人的問話，
也僅點頭搖頭或揮手表示；
漸漸地，
你的身邊再無聚集人潮。

安靜的你，吸引了我的好奇心，
不知是哪來的勇氣，
我上前向你搭話。

當我開口的那刻，
你臉上浮現的驚訝，
不禁讓你下意識築起防衛。

瘂愛

「你…一個人不會覺得很孤單嗎？」
當我說出這句話時，
你的眼睛閃過一絲淚光，
微笑的向我搖了搖頭。

我知道，
掛在你臉上的微笑是虛假的，
感覺是故作堅強。

「以後中午，我們同桌吃飯吧！」

面對我的邀約，
你不思議的瞪大了眼，
或許是頭一次遇到這樣的情況，
讓你很不知所措。

此時鐘聲響起，
我落下一句：
「就這麼說定了！今天中午一起吃飯吧！」
說完後我便回座位準備上課，

191

留下慌張的你，

與不時投向我的目光。

中午時間隨著課堂的結束，

傳來飯菜香氣，

我依約坐到你的面前，

兩人不說一句，

靜默著吃飯。

「都沒見你開口說過話…」

我提出了疑問，

你抬起頭，

從抽屜拿出筆和紙，

疾筆振書。

『我…無法說話。』

看著紙上的文字，

我瞪大雙眼，

看著我驚訝的神情，

你繼續寫著…

『前年家裡發生大火，濃煙嗆壞了我的喉嚨…』

此時，
我才明白他其實也是想交朋友的，
我笑著對他說。

「我們當朋友吧！以後就由我當你的聲音，替你傳話。」

面對我的提議，
你先是詫異再是微笑，
這個笑容充滿了你的真心，
溫暖的打動著我。

感謝我當時的勇氣，
讓我認識了你，
也讓我有機會佇足在你內心，
成為你的支柱。

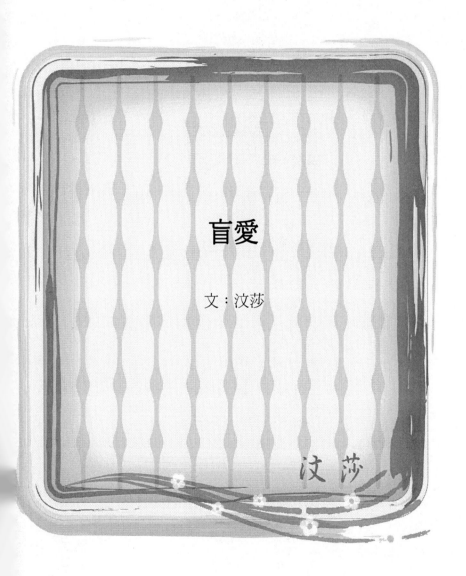

盲愛

文：汶莎

汶莎

校園情歌

不想一個人，

不想獨處，

我想要一個人陪我。

什麼人都行，

就不要讓我一個人便可。

在學校，

我一定要和姐妹們黏在一起，

暢所欲言，

這讓我很有安全感。

但男人的出現，

阻礙了我們的聚會。

姐妹們相聚的時間，

因為約會，

而漸漸變少。

我獨自一人的時間，

則與日俱增。

看著姐妹們與男友的親密互動，
聽著姐妹們與男友的甜蜜話語，
我有些嫉妒又有些羨慕。

當聊起喜歡的類型，
我卻說不上來，
我從沒想過自己會交男朋友。

我以為我只要有姐妹就足夠了，
但…目前看來似乎不足…

或許…我也應該像她們一樣，
找一個男朋友。

在我向她們討教吸男大法時，
也學著應用在班上的男同學身上。

愛不愛對方，
對我而言並不在意，
只要有人陪就夠了。

雖然姐妹們覺得這樣很不行，

沒有愛的關係並不會持續太久，

而我則輕描淡寫說道：

「再找下一個就好。」

面對我的豁達，

姐妹們也不再多說什麼。

而我在對第六個男同學告白後，

成為了對方的女朋友，

只要我獨自一人時，

便會將他喚來。

即便話題不搭軋，

興趣不相投，

喜好不一樣。

我也不在意，

只要他在我需要的時候，

出現在我身邊即可。

當對方想討好我，

我也不吝接受。

當對方想要我的愛，

我也不吝給予。

為的是能讓這段關係持續下去。

這是愛嗎？

從姐妹們的反應來看，

我想這不是愛，

只是純粹的利益交換罷了。

國家圖書館出版品預行編目資料

校園情歌 / 六色羽、語雨、宛若花開、汶莎　合著　－初版－
臺中市：天空數位圖書　2022.11
面：14.8*21 公分
ISBN：978-626-7161-53-1（平裝）
863.55　　　　　　　　　　　　　　　　　　　111019607

書　　　名：校園情歌
發 行 人：蔡輝振
出 版 者：天空數位圖書有限公司
作　　　者：六色羽、語雨、宛若花開、汶莎　合著
編　　　審：非常漫活有限公司
製作公司：盈愉有限公司
美工設計：設計組
版面編輯：採編組
出版日期：2022 年 11 月（初版）
銀行名稱：合作金庫銀行南台中分行
銀行帳戶：天空數位圖書有限公司
銀行帳號：006—1070717811498
郵政帳戶：天空數位圖書有限公司
劃撥帳號：22670142
定　　　價：新台幣 350 元整
電子書發明專利第　Ｉ　306564　號

服務項目：個人著作、學位論文、學報期刊等出版印刷及DVD製作
影片拍攝、網站建置與代管、系統資料庫設計、個人企業形象包裝與行銷
影音教學與技能檢定系統建置、多媒體設計、電子書製作及客製化等
TEL　：(04)22623893　　　MOB：0900602919
FAX　：(04)22623863
E-mail：familysky@familysky.com.tw
Https：//www.familysky.com.tw/
地　　址：台中市南區忠明南路 787 號 30 樓國王大樓
No.787-30, Zhongming S. Rd., South District, Taichung City 402, Taiwan (R.O.C.)